AQUARIUS

AQUARIUS

AQUARIUS

AQUARIUS

一些人物，
一些視野，
一些觀點，
與一個全新的遠景！

自由之旅

ESCAPE AND OTHER ESSAYS

◎亞瑟・克里斯多夫・本森（Arthur Christopher Benson）著
◎邢錫範譯　孔謐審校

【序言】

義無反顧的自由之旅

1

那天，我在卡姆河邊散步。這是一條涓涓細流，喜愛狂野和浪漫風景的人是看不上眼的；可在一些人眼裡，這條河真是太美了，並不比那些著名的河流差多少。它更像是一條運河，河道較直，緩緩流淌的河水顯得那麼從容——很適合八人的賽艇在這裡比賽！我可以肯定地說，這是一個美麗的地方；而且，無論是出於對以往歲月的記憶，還是出於對寧靜本身的喜愛，我的靈魂願意在這裡漫步行走，正如詩

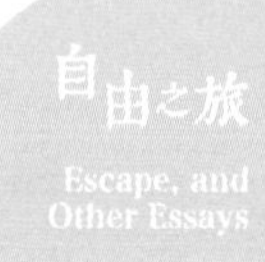

人勃朗寧所說，「只要我們的愛還在」。我從城市的喧囂中逃了出來，繞過紛亂的郊區，遠遠躲開噴著煙霧的高聳煙囪，從發出叮噹響聲的鐵道橋下穿過，一片美景便盡收眼底：廣闊的牧場遍布在卡姆河兩岸，幾排垂柳鑲嵌其中，多節的樹幹支撐著叢生的柳枝。河的對岸，靠近岸邊的壟上坐落著迷人的芬迪頓村莊，村子裡有古老的教堂和教區牧師的宅邸，還有一條隨意修建的街道，建有紅色山形牆的小禮堂則俯視著村莊的穀倉和草垛。沿路而上，你會看到越來越多的垂柳。在高高的柳樹叢後面有一座古老的穀倉，被稱作楊廳；楊廳旁建有一道小水壩，順壩而下的溪流穿過一道木製的黑色水閘，發出悅耳的嘩啦聲。不遠處的一棟房子是中世紀時期伊里城的主教隱居之地。當然，主教是坐著小船來到這裡，在驕陽炙烤著平原大地的時候，躲在這裡靜靜地住上幾個星期，過著愜意舒適的鄉間生活。溪流下游有一座小村莊，名字叫霍寧西村。在果園和茅草屋之間是一座帶有牆垛的教堂和廢棄的碼頭——這地方與我去過的一些古老村莊一樣，彷彿讓人回到了久遠的年代。順流而下，你會立刻看到漫無邊際的沼澤，連綿數英里，向四處伸展開來；從翠綠的防洪壩高處，可以看見一眼望不到頭的河道，及遠處數十英里外的一大片樹林，也許還能看到高聳的伊里塔矗立在地平線上，塔尖之上，是蔚藍的廣闊天空。如此開闊的景色，如此蔥鬱茂盛的田野，如此寂靜的村莊，如果說連這裡都算不上是個美麗的地方，那我就不知道什麼是美了！史學家稱之為事件之類的事從未在這裡發生過。這個地方會讓人情不自禁地想起人們古老的生活方式，所不同的只是從前的環礁湖、葦塘、小島、沼澤地變成了現在寧靜的麥田和牧場。除了做生意的小商小販，幾乎沒人會來這裡，軍隊也不曾在這裡集結，更沒有戰爭的硝煙炮火。日落時分，火紅色的夕陽慢慢隱落到遠處的地平線下；野鴨掠過水面，在水窪地裡棲息，鮮花一年又一年盛開在河道兩岸；這個地方寧靜而神祕的氣氛你可以親身體會，也可以留在記憶中，而這種心靈在此安居、時間在此靜止的感覺，卻是你永遠無法言表的。

2

來，我們再講另一個不同的場景共同體會一下。

一兩個星期前，我一路向北乘火車旅行。在經過的許多車站裡到處都是軍人，車廂裡擠滿了士兵，他們看起來非常健康、快樂。他們的友好和善良深深地打動了我；他們彬彬有禮，待人謙恭，一舉一動只讓人覺得他們是普通的旅客，而不像我以為的那樣：是一群正準備奔赴前線，行將面對死亡威脅的士兵。他們生怕給其他乘客添麻煩，不僅和藹可親地照顧和幫助其他旅客，攙扶年老體弱的婦女下車，並把包裹遞給她；還給孩子們巧克力吃，或者和旅客們聊天。在某個停靠站，一位自豪卻又焦慮的父親強忍淚水，為即將奔赴前線的兒子送行。我想，這位父親本人很可能就是一個老兵吧；而年輕的中尉卻顯得非常興奮，一臉快活的表情，親切地喊著「爸爸」，他在盡力讓自己的父親振作起精神來。我深深地為我們的戰士感到驕傲，他們是那樣的純樸、真誠、善良。我也為國家能培育出這麼優秀的戰士倍感欣慰，幾乎忘了他們是即將要投身於殘酷戰火裡的人。當火車在另一個車站停下來的時候，我看到一群奇怪的人，裡面有個年輕的軍官，他顯然受了傷，一條腿打上了夾板，腦袋上纏著繃帶。他坐在長椅上，兩名強壯的士兵坐在他的兩邊。為了讓受傷的軍官感到些許安慰，兩個士兵的臉上強裝出愉快的表情，緊緊挨著軍官坐在那裡，還分別握著他的左手和右手。一開始我看得並不很清楚，因為那名軍官面前還站著另一個士兵，他正在給軍官打氣，與此同時，還用身子擋開過往的人流。等這個士兵走開後，那名年輕的軍官抬起了頭，我看到了一張憔悴、神情低落的臉龐，因疼痛而皺起眉頭，他那充滿憂鬱的大眼睛顯得失魂落魄，四下裡驚恐地張望著。突然，他開始用力地跺著地板，並試圖從戰友的懷抱裡掙脫出來，卻終因乏力而癱坐在椅子上，憤怒又絕望地把自己的腦袋垂在胸前。這個悲戚的場景讓我至今歷歷在目。

就在火車要開動的時候，一個軍官走進我的車廂。落坐後，這個軍官對我說，「你剛才看到的是令人悲哀的一幕——那個年輕的軍官曾是我們最好的戰友，被德國人俘虜了；他好不容易逃了出來，一路上不知吃了多少苦，才回到我們的隊伍當中。我們把他送進了醫院；但是恐懼和焦慮令他幾乎崩潰。人們擔心他已經精神失常，沒有恢復的希望了——有關部門正要送他去療養院，不過我看他很難再康復了；他不僅腿受了傷，頭部也遭到重創。他曾經是一名有錢人家的孩子，卻因戰爭改變了命運，而且不久前才剛剛和一位迷人的姑娘訂婚……」

3

這個畫面讓我們不得不意識到，我們每個人都面臨著一種難以忍受而且使人痛苦的生活現實，這樣的現實完全不同於沼澤地的故事。我不打算對此進行爭辯或者討論，因為順著線索回到現實生活，你就會無助地陷入一系列可怕的問題：那就是我們該如何應對生活中出現的災難，尤其是那些令人極其痛苦、難以忍受、毀滅性的災難；如何應對現實中的各種衝突和爭鬥，特別是那些讓所有受牽連的人感到畏懼、避之唯恐不及、令人厭惡的爭鬥，因為這樣的爭鬥只會帶來許許多多不幸的悲劇。然而，殘酷的災難或者衝突總是不可避免地發生。沒人希望有戰爭；所有發動戰爭的人無一例外都能為自己找到藉口，說他們是為了自衛才戰鬥，並堅持說他們為和平做出了不懈的努力。但是，巨大的命運之磨在轉動，磨出死亡、恥辱和毀滅。每一個渴望和平的人，還有每一項和平提議，都被淹沒在痛苦又憤怒的喊叫聲中。最聰明的人不厭其煩、喋喋不休地一再狡辯，說什麼這樣的戰爭能為人民帶來利益。母親以無比堅強的力量和勇氣把兒子送上前線，最終聽到的消息卻是兒子躺在一座無人知曉的墳墓裡，而她只能強忍淚水。多年的勞動成果消耗殆盡，土地荒廢，弱勢無辜的人們得到的只有傷害和欺騙；然而，龐大的戰爭機器還在轟鳴地向前行駛，留下的是仇恨和恐懼；而人們卻還一直祈望上帝的仁慈和憐愛，懇求上帝賜福於他們。

那麼，如果我們遇上了這樣的問題，除了像歷經危難仍堅信上帝的約伯那樣俯伏在地，痛苦又絕望地忍受著災難的打擊外，還能做些什麼呢？在這樣的時刻，面對這個充滿戰爭、殺戮、欺騙的世界，還有什麼希望可以讓我們回到令人愉快、安逸幸福、安詳又高雅的社會和不那麼煩心的日子呢？本書彙集了我在一段時間內寫成的一些東西，而這段時間的記錄似乎將當下與一連串不幸的事件分隔開來。很多時候我們被迫看到混亂和毀滅，當我們再次面對眼前所展開的古老而和平的畫卷時，還能適應嗎？或是燒毀以往舊事的記錄更為勇敢呢？

4

我認為放下當下的不幸、走進昔日那些古老而和諧的生活畫卷是正確的，也是審慎的，因為我們所能做的最為靠不住的怯懦行為，就是不再相信生活。然而，昔日那些古老的美景，確實還在這世界的某個安靜角落真實地存在著，只要你用心呼喚，它便會再次重現。我們要努力恢復昔日俯拾即是美景的真實生活，也應該回歸這樣的生活。我們必須努力重新樹立這一信念，而不是脆弱地承認我們迷失了前進的方向。承認我們被邪惡擊敗，並不能有助於我們徹底驅逐邪惡；我們只有堅持對勞動、秩序、和平的信念才能征服邪惡。我們必須抵禦誘惑，不要過度地從哲理角度解釋戰爭。極少有人的頭腦夠聰明，夠清醒，能掌控並解決所有問題。我可以不假思索地告訴你，我不相信戰爭已經扭曲了我們對和平的看法。我們必須比以往任何時候都要堅持和平、強調和平，必須時刻不忘和平。在我看來，戰爭就是邪惡勢力的爆發；抵制戰爭最好的辦法，不是對戰爭進行思考，而是追求快樂和健康。中世紀時給歐洲帶來巨大災難的那場瘟疫並不是靠哲學戰勝的，而是憑藉著人們改善居住環境的願望，講究衛生、健康生活的理念戰勝的。這種本能不是哪一種哲學或者學說創造出來的；這種本能在任何地方都有可能出現，並逐漸成為大家的共識。

對戰爭進行反思、把時間花在分析戰爭發生的諸多複雜因素上，在我看來，那是未來歷史學家的任務。但是，作為一個愛好和平的人，面對可怕的戰爭，如果可以，就應言簡意賅地講清楚和平的意義，以及人們為什麼渴望和平。我並不是說和平就是過慵散的生活，沉湎於溫和的幻想中。我指的是人們透過辛勤的日常工作，相互的理解，彼此慷慨大方的幫助，為消除疑慮、安慰心靈和振作精神而做出的努力。和平時期也會出現真實的衝突——當然這不是指國與國之間派出最優秀、最勇敢的戰士所進行的流血戰爭——我說的衝突是指人類向罪行、疾病、自私、貪婪和殘暴宣戰。要進行的鬥爭還有很多，我們為什麼不能聯合起來與我們人類共同的敵人進行戰鬥，反而相互削弱應對邪惡的力量呢？戰爭破壞了最好的人類關係，白白耗費了體力和精力，失去了儲備起來的財富，徒讓冷酷的情感找到了發洩的機會。

5

不過，在目前的戰爭中，我從內心深處覺得值得努力奮鬥的，就是爭取自由的希望。很難說清楚什麼是自由，因為自由的本質是征服個人的欲望。德國人聲稱只有他們懂得自由的意義，而且他們依靠紀律實現了自由。但是這場戰爭的苦難卻源於這樣一個事實，即德國人並不滿足於樹立有吸引力的道德榜樣，這種不滿足的結果就是逼迫著世界做出選擇：如果世界不選擇他們的道德觀念，他們將訴諸暴力和刀劍，強迫世人接受。正是這一點讓我感覺到，戰爭也許是各個國家一種巨大的抗議，這些國家的統治者在心理上對未來懷有一種占據的欲望，而這種欲望恰恰與可以體現過去生活精神的理論形成抗爭。這似乎有點前後矛盾，我認為戰爭也許是和平希望處於走投無路的困境時的集中反映。如果各個國家能清楚這一點，就不會冒著風險採取報復行為，也不會在獲得勝利時，用戰利品獎賞自己；如果戰爭的結局是德國人真誠地讓我們確信，他們對權利和公正的概念是因為受到了誤導和毒害，而且極不文明，相當野蠻與殘酷，那麼，作為未來世界安寧的代價，我們所有承受過的苦難或許還不會太沉重；因為許許多多的日日夜夜，人類和平的天空布滿了無從撥雲見日的陰霾。

6

我們無法迴避對戰爭的思考，我們不能、也不應該這麼做，更不能求助於夢想，徒然地企盼和平和安全，逃避戰爭；在這樣一個時期，我們所看到的每一份報紙，每一本雜誌，通篇充斥著的是戰爭及戰爭所帶來的苦難，肯定也會有一些人，無論是男人還是女人，他們會明智地避開戰爭的話題，以便在情感方面保持自己一如既往的良好精神狀態。假如我們默默地沉思著戰爭，假如我們的頭腦裡充滿著戰爭意識，尤其是假如我們是無法避免的戰亂年代的平民，戰爭會讓我們陷入逐漸惡化的恐怖之中，使我們成為無助而悲慘的人。但是，無論發生了什麼情況，我們必須努力，不能讓戰爭把我們變得越來越糟：情緒憂鬱，歇斯底里，失去了信念和希望，對生活感到恐慌。這種恐慌與無望才是危害性最大的災禍。我們應該盡最大的努力拋棄狹隘的思想，保持比較從容、健康的心態，讓我們的精神領域更為寬廣。我們知道，一條長時間被拴著的狗，一旦放開，就會變得非常凶猛狂暴，滿腦子裡都是假想的敵人，所以，大多數平和的過路人就有可能成為牠攻擊的對象。自從戰爭爆發以來，我一直感覺到空氣中瀰漫著某種毒氣，人們開始傾向於懷疑、好鬥，甚至產生了茫然的敵意。如果能夠的話，我們必須驅除這種邪惡的精神狀態。而且我認為，最好是讓我們的頭腦回顧一下古老的和平畫卷，並堅信即將到來的和平具有更偉大、更高尚的品質；這樣我們也許就能充分意識到我們曾享受過但並未把握住的幸福；還可以制定計畫，重新把握真正的幸福，其精髓在於人們之間相互的信任，其願望是共同分享所有美好的東西，而不是把幸福藏匿起來並嚴加防範。

某天，一位聰明無私的女人給我寫了封信，信裡面的話讓我永遠難忘；她以極大的勇氣，毫不畏懼地把自己最心愛的人送上了前線。「無論發生了什麼，我們絕不能屈服，」她寫道。「當全人類處在戰爭的水深火熱之中時，我們僅僅為自己的財富而擔憂簡直是毫無意義。」

這就是癥結所在！在戰爭期間，我們絕不能做的，就是向其他人指出他們該做何犧牲；我們只能且必須做的是自我犧牲；也許，愛好和平、珍惜和平的人並沒有做出一點犧牲。即使這樣，他也可能認識到，生活本身並不相互矛盾；但是生活的組成部分，無論是令人愉悅的還是畏懼的，卻以一種不可思議的方式相互交織在一起，無人能夠逃避。

自由之旅

ESCAPE
AND
OTHER
ESSAYS

目錄

Chapter 1

逃避

世界上最好的故事只能是現實生活裡的事——我們先來說說逃避的故事。從古至今，讓我們始終感興趣的事情就是如何逃避，人類的成長史也是一部逃避的歷史。約瑟的故事、奧德修斯的故事、浪子的故事、《天路歷程》的故事、《醜小鴨》的故事、《小婦人》的故事等等，這樣的故事太多了，我只是列出了其中幾個，深入思考後，你會發現，這些故事其實都是有關逃避的故事，與所有的愛情故事一樣。古老的諺語說得好，「愛情的道路從來就不是平坦的。」而愛情故事講述的，無非也就是男人和女人如何從愛情的荒漠逃離出來，奔向愛情的避難所。即使是像《伊底帕斯王》和《哈姆雷特》這樣的悲劇，從它們的背景上來講，也有著相同的主題思想。在伊底帕斯的故事中，年邁並且失明的國王穿著破爛的袍子，無意識地犯下了如此難以形容的罪行，把他的兩個女兒和幾個侍從丟棄在聖泉旁老梨樹和大理石墓碑之間；他以微弱的嗓音說出了最後的愛情箴言，這時空中傳來了上帝震顫的聲音：

「伊底帕斯，你為什麼還在拖延？」

伊底帕斯立即沉默地走開，依靠在提修斯的肩膀上，等到在場的人終於敢睜眼時，他們看到提修斯遠遠地離開了，獨自用手遮住自己的雙眼，似乎某種強烈的光線太令人感到敬畏，凡人的眼睛不能看到他的目光；但是伊底帕斯走了，沒有悲傷，而是滿懷希望和疑惑。即使哈姆雷特死了，轟鳴的炮聲響起，也應該祝賀他擺脫了無法忍受的痛苦；生活也是這樣。一些人用雙手結束自己的生命，如果我們的目光落在這樣悲哀的故事上，便很難見到他們潦草寫成或匆匆說出的話語，似乎他們只是進入了沉默或者無知覺的狀態！其實不然。那些因災難而變得瘋狂的父親和母親之所以殺害自己的孩子，無非是希望與最心愛的孩子一起逃脫他們無法忍受的苦難，他們意欲與孩子一起飛走，就像聖經故事裡的羅得帶領妻女逃離即將毀滅的城市一樣。自殺的人並不是仇恨生活的人；他們非常熱愛生活，只是生活中的悲哀和恥辱實在讓他們無法忍受。他們是在努力尋找、試圖移居到其他環境當中；因為他們渴望生活，但又不能就這麼生活。正是這種幻想才使得人們尋求死亡；只有動物能夠忍受，而滿懷希望尋找更好生存環境的人卻匆匆離開了這個世界。

如果說到如何應付人力所不能及的事，想想吧，人類的想像力是那麼微弱，甚至會讓你覺得不可思議。如果一個人想逃避現實生活，無論他怎麼做、怎麼設計，他的能力都很有限。佛教徒的非實體天空及其難以置信的涅槃只是剝奪了生活的所有屬性；伊斯蘭教的天堂令人乏味的官能性只是增多了醜惡、粗俗的樂趣；被光線照耀著的聖徒發出令人生厭的吼叫，這樣的叫聲將中世紀的天堂空想變成了永恆的聖歌——所有這些，從深度上來說，對於渴望新生的個體都沒有太多的吸引力，對充滿活力的精神心靈也根本沒有任何影響力。即使是古希臘哲學家蘇格拉底的思想，偉大思想家不受約束、逆向思索出來的願景，也只是一種無法說服他人的想法，因為這樣的思想所能產生的作用實在是太少了。

然而，正是各式各樣的體驗——勞作與休息、痛苦與解脫、希望與滿足、危險與安全——才使得生活豐富多彩，一旦我們將變化無常這樣的概念從現實生活中取消，所有的生活都會變得單調、乏味、無法令人振奮。變化的過程令人快樂，讓我們懂得了哪些事情可為、哪些事情不可為；從無知到有知，從笨拙到靈巧。甚至我們與所愛之人的關係也是這樣，關係是否密切，那要看我們在他們身上發現了什麼，要看我們是否能不斷在對方身上發現未知的東西，抑或我們可以在多大程度上幫助他們，或影響他們。從本能上來說，人們不喜歡一成不變、停滯不前的生活；在人類的生活中，如果沒有什麼可逃避的、沒有什麼可盼望的、也沒有什麼可學習的、沒有什麼想得到的，坦白說，這樣的生活幾乎也是無人能夠忍受的。

人們為什麼怕死？那是因為死亡的陰影似乎遊蕩在我們熟悉的日常生活之中。什麼也不做、只是整日回顧過去的美好時光，是件很可怕的事。追憶唯一的用途，在於可以分散我們對目前處境的注意力，尤其是在我們生活狀態不佳的時候。有句話說得好：悲傷的時候回憶快樂的事情是一種最殘酷的折磨。

有一次，丁尼生患了重病，他的朋友，英國教士、古典學家喬伊特給丁尼生的太太寫信，建議丁尼生多回想自己做過的好事，這樣也許會感覺舒服一些。但

阿佛烈・丁尼生，（Alfred Tennyson, 1809—1892），是華茲華斯之後的英國桂冠詩人，也是英國著名的詩人之一。

是這種舒服感可不是重病患者想得到的；我們也許妒忌或羨慕一個好人曾做過的諸多好事，但是我們真的不能假定，一個好人能夠透過沾沾自喜地默想自己所取得的成就，最終會讓自己感到滿足。在很大程度上，一個人往往會想到一些自己本可以完成卻沒有完成的事業，而且不是沒有可能用這樣的想法來折磨自己。

依我看，上了年紀或已退休的人會逐漸讓自己平靜下來，安分守本，這是真的；但這是垂暮老狗般的寧靜，懶洋洋地曬著太陽，打著盹，如果真有什麼動靜讓他興奮起來，也只是搖擺幾下尾巴，仍不會離開自己的老窩；如果一個人的生活狀態到了這種地步，恐怕身體就會越來越差，頭腦越來越混沌，那麼，心靈就會默默地懷著感恩圖報之心，不再期待著什麼了。但是，我能夠想像得到，不會有人真的希望就這樣步入不朽：疲憊厭倦，無精打采，最大的希望就是永遠都不要被人打擾。我們絕對不相信昏昏欲睡、失去忍耐力的精神能構想出人性的真實希望。假如我們相信下一次的體驗就像遠航後歸來的水手那樣：

午後（他們）登上了陸地
在這裡所有的一切似乎總是像午後陽光

那麼我們就可以在無夢的睡眠中默然，這才是人類最好的希望。

就像我已說過的，我們最好還是相信最健康、最有活力的精神願望，因為所有這些願望都與逃避的冒險經歷有著緊密的聯繫。在我們的生活道路上有很多敵對的東西：路上不時出現的雜樹叢林不僅長得濃密，而且布滿荊棘利刺；我們的信仰告訴我們，神靈不希望人類就這樣行走在黑暗裡，讓陰影尾隨著我們的腳步，而且我們能給出的唯一解釋就是，如果希望或者願望不能促動我們向前，那就讓恐懼來刺激一下。我們不得不隨時保持行動，因為如果我們不是朝著目標跑去，就會選擇逃避，並不時地回頭看幾眼讓我們感到恐懼的東西。

歐洲有這樣一個古老而奇特的寓言故事，說是有個人行走在沙漠上，就在他走近一片樹林時，突然意識到有一頭獅子順著他的蹤跡跟在後面，而且離他越來越近。為了安全起見，這個人急忙逃進樹叢裡；他看到地上被人挖出了一個大水塘，四周圍著用石頭粗糙砌成的塘壩，壩上長滿樹叢和花草。他快速地抓著樹幹爬到了水塘邊，緊靠著水塘上方一處突出的岩石；就在他準備跳上岩石時，他突然看見水裡有一條大蜥蜴，張大嘴巴，惡狠狠地望著他。他急忙停下來，緊緊抓住岩石旁一棵樹的樹杈。他就這樣抓著樹枝懸在那裡，向上爬會遇上獅子，向下跳又會碰上蜥蜴。這時他感覺到樹枝在顫抖，抬頭望去，在他手搆不著的地方有兩隻小老鼠，一隻黑色，一隻白色，正在啃食他抓著的這根樹枝，很快的樹枝就要被咬斷了。他絕望地等待著。就在這時候，他看見眼前的樹葉上有幾滴蜂蜜。他用舌頭舔了舔，然後嚥了下去，仍然可以品味出蜂蜜的香甜。

無疑的，我們可以將小老鼠看作是生活中夜以繼日等在那裡的煩惱，而蜂蜜是生活中的香甜美味，即使我們身處生死攸關之際，也可以津津有味地品嘗美味；事實上，人生無常，即使我們抓住不放的繩索就要斷了，生活的不穩定性或者存在的危險也無法分散我們對生活樂趣的關注。人生的旅程完全是一次逃避過程中的冒險；即使身處最不安全的境地，我們也完全有可能驚奇地發現其中的甜蜜。

同樣的，在生活中，如果一個人想要體驗各種冒險的經歷很容易，因為生活本身就是一場冒險。愚蠢的人們有時認為，除非一個人徘徊在酒吧間門口，或者閒蕩在撞球室裡，或者在船上當水手，或者去山裡挖金子，或者到荒野上探險，或者獵殺珍奇的動物，或者在一群喝得醉醺醺、扯著大嗓門叫罵的人堆裡討價還價，否則就不會有什麼冒險的經歷。當然啦，想要經歷類似的冒險還是很容易。我有一個親戚，他的生活就充滿了變數：他當過水手、職員、警察、士兵、牧師、農場工人、教堂司事。但是這種變化無常、居無定所的生活很適合他，他是一個很隨和的人，勇敢、魯莽、好動；他不在乎生活有多麼艱苦，但要是讓他按部就班地做事或者靜下來安頓一會兒，簡直會要了他的命。他不是不喜歡安定。有一次他告訴我，他曾半裸著身子，懸掛在船身一側，舀取一桶桶水來擦洗船板。而當時的室外天氣狀況是：在他把水潑在船板上時，水很快就結冰了。儘管他有著各種不同的生活經歷，卻沒有從中學到任何特別的東西；他總是老樣子：性格和善、愛說話、天真幼稚，既不瞻前也不顧後，最喜歡和水手一起在小酒館裡講故事。他對大多數陪伴在身邊的人感到很滿意，花起錢來滿不在乎；儘管他打心眼裡鄙視那種宅在家裡、非常保守的生活方式，但他也並沒有從他的生活方式中獲得什麼智慧，也沒有培養出什麼幽默感，算不上愉快，也算不上獨立。

不是每個人都能成為這樣的人，只有少數人會這樣生活，因為實際上大多數人寧願待在家裡，從事一般性的工作。我的表弟就不喜歡出去工作，不是到了萬不得已的時候不會去工作；這樣的人似乎屬於古老的階層，很像四處玩耍的孩子，無憂無慮地玩著，因為有人工作提供他們衣食住行。如果所有人都光靠別人生活，這個世界就會變成破舊骯髒、悲劇橫行的地方。

儘管我敢說，假如我也經歷過一點類似的艱苦生活，我會成為一個更好的人，但我也不太可能這樣去生活。我很少有過死裡逃生的經歷，但我也遭遇過許多十分棘手的麻煩事，也曾有過長時間的焦慮，不過我還是以自己的方式努力工作。我有點像前面講的寓言故事裡的那個人，夾在獅子和蜥蜴之間很多年；就我的性情和財富而言，我也有需要忍耐的事情，而我那個表弟是從來不會忍受這些的；所以，當一個人的生活得到了庇護，日子過得興旺時，往往也是危險、逃脫、使人不安的恐懼感伴隨出現之日。

你對生活和生活的動機觀察得越細緻入微，你就越能體會到想像力是改變世界的動力，尤其是那種希望從束縛或限制我們的環境中逃脫出來的想像力。小孩子從來不計畫自己長大了要做什麼，只要能隨時吃到美味、自由地玩耍或者可以隨意地花錢，就會快樂無比；女孩們盤算著怎樣透過獨立或者結婚，擺脫父母對自己的管束；母親們野心勃勃地望子成龍、望女成鳳；政客們渴望獲得權力；作家們則希望能贏得世界的關注——這只是隨手舉出的幾個例子，類似的願望每天都在驅動著我們，促使我們夢想擁有更多的財富，更自由的生活，擺脫我們當下備受限制的無聊處境。這是人類現狀的真實寫照。雖然有些從容安詳的人對自己的生活感到滿足，但是在大多數人的腦海裡，總還是存在著一點可以引起他們騷動的欲望，想像著透過某種方式獲得更安逸、更自在的生活；還有一些人身心疲憊、心灰意懶，他們對自己所擁有的生活並不滿意，但是卻在恐懼中默默順從命運的安排；然而，無論是誰，只要參與了世界的發展，就會為自己或為其他人制定充實的規劃，只要有足夠的信心和意志力，沒有什麼可以阻擋或妨礙他對生活的經營和嚮往。敏感的人們希望看到生活更加和諧美好，健康的人們渴望得到比以往更長的假日，信奉宗教的人們渴望進入神祕的迷幻狀態；事實上，為了實現圓滿人生，總會有一個願望持續不斷地在人類身上起作用。

然而，無論如何，絕大多數的證據向我們表明，成就那些小夢想並不會令我們滿足，也根本不能讓我們的身心安頓下來。即使我們實現了自己的規劃，獲得成功，迎娶或嫁給了心愛之人，賺了一大筆錢，過上了舒適休閒的日子，甚至獲得了權力，但是很快地，更多更大的願望就會出現在眼前。有一次，我在一個政治家發表競選勝利演說後向他表示祝賀。

「是的，」他說，「我不否認，一個人的期望一旦得以實現，的確讓人歡欣鼓舞，哪怕只有一次；但是隨之而來的陰影就是由此產生的恐懼，擔憂自己在達到某個高度後，沒有能力保持下去。」

對成功的可怕懲罰就是害怕以後出現的失敗，這種恐懼感常常縈繞在成功者的心頭。更為悲慘的事實還在於，當我們拚命想獲得一個結果時，往往也會失去以前激勵我們的目標。與其他事情相比，人們對錢財的追逐最能說明這一點。我就有幾個這樣的朋友。他們在開始創業時，都坦率地承認自己有著相當明確的意圖和目的，比如說必須賺取足夠的錢，以便讓家人過上富庶的生活，自己也能過著渴望的日子，像是外出旅遊、有時間讀書寫作、無憂無慮地享受休閒時光。可是當他們真的完成自己最初的規劃時，他們原有的願望卻消失了。他們不肯放棄自己的工作，為了後半生著想，再多賺點錢會更安全些，接下來的日子便會周而復始。他們擔憂自己的生活會變得單調乏味，不願放棄現有的繁華奢侈，所以不斷地結交朋友，而且不想中斷這樣的聯繫；這樣一來，他們必須為自己的家庭提供更多的財富。他們沒有察覺到整個計畫的實質已經發生了變化。即使如此，他們仍然在盤算著逃避一些東西——也許是無聊，也許是焦慮，也許是恐懼。

對任何人來說，從理論上找出上述問題的癥結並不容易。也就是說，我們每個人的工作與世界的發展其實沒有多少關係，但是對我們自身卻關係重大，我們必須從事某種工作，好讓自己參與到社會生活中去。這一點，我們人類似乎非常弱智或者愚笨。我們總是不斷地受到幻想的賄賂和誘惑。在我認識的朋友當中，有些人年輕時幹勁十足，到了中年還是充滿活力。他們具有很強的自我價值實現觀念，非常關注自己的事業成功與否；可是隨著年齡增長，他們的事業成功了，價值觀卻也逐漸改變了；他們真的變了，變得做事遲緩，遇事常與別人商議，表面上裝出一副恭順的樣子；面對無可奈何的現狀，他們也許還會格外的體貼，更富有同情心；他們感覺到自己的使命似乎已經完成，權力和影響力已經落到了年輕人手裡。但是他們永遠不會失去這樣的感覺：即他們存在的重要性。我認識一位年過八旬的牧師，有一次他當面向我宣稱，那些說老年人已經失去了處理事務能力的人真是可笑。

「才不呢，」他說，「我到了最近幾年才覺得自己真的對工作得心應手。我現在完成一項工作所花費的時間比以前少多了，可效率卻很高、很得法。」其實這位老牧師的感覺並不準確，因為實際上整個工作幾乎全都是他的同事在做，需要他動手做的沒有多少，除非是純粹的禮節性事務。

我們沒有能力面對這種現狀，而且我們根本不願意去認識這樣一個基本道理，那就是讓我們從事的工作並不是出於對工作內在價值的考慮，大部分時間只是因為工作是我們謀生的一種手段和方式。這真是讓人覺得可悲。

的確如此，管理世界的祕密似乎會被並無惡意的嘲弄所揭穿；控制我們的力量似乎在提示我們注意，我們必須像孩子那樣，愛惜每一次被准許跑出去玩耍的機會，努力做事，否則便會被人忽視。這還是在尋求那種「我是否很重要」的感覺。舉個例子，慈祥的父親正在整理帳單，為了讓孩子安靜，他讓一個孩子拿著記事簿，另一個孩子拿著墨水瓶，這樣一來，孩子就會相信他們在幫父親的忙，殊不知這是父親怕他們搗亂。

奇怪的逃避感，能夠驅使我們精力充沛地行動起來，但並不是說這樣就可以實現我們生活的終極目標，事實是：在實現許多目標之後，你會發現它們多半沒有什麼價值，空洞虛偽得很，我們的終極目標是為了獲得善行的效果，需要細細品味生活的點滴。

由作家和藝術家設計並規劃出來的烏托邦或理想國均告失敗，其原因在於缺乏至上的力量來引導和揭示實現的路徑並延續下去。無病無災、無憂無慮、過著幸福生活的人們，將如何讓合理又充滿激情的生活繼續下去呢？因為一切都那麼美好，所有的疾病都可以治好，所有的困難都能克服，沒有什麼需要人們努力改善的了。實際上，英國詩人、社會主義聯盟的組織者威廉・莫里斯在其《烏有鄉消息》中，藉他筆下的人物之口坦承，如果那樣，就幾乎不存在什麼令人愉快的工作了，例如曬乾草、架橋、修路、木工製作等等，都不再需要，人們所能做的就是逍遙地四處閒逛；而且莫里斯描繪的生活場景完全沒有私有的概念，進了商店，你想要什麼就可以拿什麼，不必付錢；在賓館裡，老式而別致的卡拉夫酒瓶裝著淺黃色的葡萄酒，飾有藍色條紋的灰色陶製盤子盛著美味佳餚，還有激情四射的舞會、美女的愛撫，唯獨沒有上了年紀的女人。最初我們或許還會為其所描述的場景激動不已，可是細細回味，我們就會突然有種特別奇異的厭倦感和空虛感，因為莫里斯這種烏托邦的生活毀掉了人類興趣的來源，並把所有人統歸到同一種類型。作為當今社會制度的一種對照，烏托邦的構想足以讓人感到新鮮，但是從整體上看，卻非常乏味。除非生活中出現了某種非常積極的精神，否則這樣的社會還不足以除掉世界上那些好鬥的、貪婪的、粗俗的成分。莫里斯本人認定，藝術可以彌補缺失的力量；但是藝術並不具備交際性；真正的藝術往往是一種孤獨的行為，既有空閒又喜歡相互吹捧對方作品的藝術家並不多見。

更令人沮喪的是英國哲學家J. S. 穆勒的夢想。在一次聚會上，有人問這位實證論者和功利主義者，如果人類按照自己的意願和規劃進行了完美的改造後，還應該做些什麼呢？躊躇了很長時間後，這位哲學家才勉為其難地答道，人們也許可以透過閱讀桂冠詩人華茲華斯的詩來獲得滿足。但是華茲華斯的詩之所以有效，是因為詩人的思維方式比較新穎，與世界常規的思想模式形成了反差，令人耳目一新，任何人只要採取不同的生活觀點，都能寫出類似的詩篇，僅此而已。

所以，暫且不管怎樣，我們必須意識到，想像力為我們提供的僅僅是一種動力，而不是目的；沒錯，我們應當竭盡全力努力清除生活裡卑劣的成分，這確實非常重要，然而我們也須有足夠的勇氣和智慧承認，我們最大的幸福正是來自於我們與生活中那些不和諧音符的「搏鬥」過程。

英國作家愛德華．費茲傑羅曾講過，現代人寫作的毛病，在於試圖把太多的美好事物壓縮在一頁紙上，他們的目標偏差太大，完全沒有注意到人與人之間那種原始的距離。我們不該試圖把我們的生活變成一場永不散席的盛宴，至少我們不能有這麼做的企圖。我們必須做生活的強者，而不是可恥的逃兵；我們必須面對這樣的事實，即生活中的素材既是原始的，也是有缺陷的。如果我們有能力的話，我們就能意識到，幸福總是與人們擺脫不可能避免的惡劣環境的努力有著密切的關係。年輕時，我們心中充滿了激情，認為這是個乏味的決策；但是，如同所有偉大的真理一樣，我們會隨著年齡的增長逐漸領悟到努力生活的意義。等我們從人生的「山上」跑下來，就會理解平原有多麼廣袤、多麼複雜、多麼精緻，一塊塊田地、一片片樹林、一座座村莊、一條條河流都是那麼富有詩意和內涵；如果到了中年我們能模糊地意識到，生活的實際真理要比我們年輕時認識的更廣泛、更美妙，那我們就是幸福的男人和女人了，因為年輕時我們缺乏耐性，對生活充滿了許多不切實際的幻想。當然，年輕時沉湎於自己美好的夢想當中也不是壞事，只是，如果當初就能瞭解人生真實的宏偉藍圖，那該有多好啊！

在《天路歷程》裡，就要啟程的時候，福音使者問基督徒為什麼站在那裡不動。基督徒答道：

「因為我不知道該向何處去。」

福音使者以某種黑色幽默的方式，即刻給了基督徒一卷羊皮紙。你不要以為那是一幅地圖或者行程指南，因為上面寫的全部內容就只有一句話：「在懲罰到來之前趕緊逃掉吧！」

不過，我們現在害怕的不再是這個，不是地獄之火，不是大風暴！世界背後的至上力量有比這更好的禮物；可是我們仍然得逃跑，無論在什麼地方，只要能夠，就盡快地逃跑；當我們跑過一大段昏暗的路程，所經之處總有美妙的事物，我們一旦越過可怕的洪水，就會發現——至少這是我的希望——不設防的上帝之城，到了這裡我們也許不想再出去，但是，在前方更開闊的田野和高地上又出現了一條路，那裡有著更多美妙和奇特且不為人知的事物正等待著我們去發現。

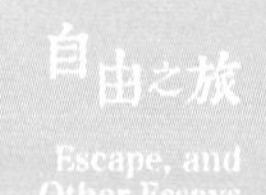

人生無常，即使我們抓住不放的繩索就要斷了，生活的不穩定性或者存在的危險也無法分散我們對生活樂趣的關注。人生的旅程完全是一次逃避過程中的冒險；即使身處最不安全的境地，我們也完全有可能驚奇地發現其中的甜蜜。

Chapter 2

文學與生活

在某些作家中存在著一種很不好的傾向，我絕對不是說那些偉大的作家，而是說那些所謂的文學追隨者。如果他們知道如何去創作，本可以讓自己成為名家，可他們卻偏偏喜歡模仿著名思想家或者藝術家。一說到寫作，他們就認為這是神聖的行業，應大力地頌揚；他們還認為文學寫作是超然而又神祕的事情，需要高人指引才能理解，絕不是庸俗的平民百姓所能從事的工作。我對此始終非常懷疑。在我看來，這是在裝腔作勢，目的在於引起社會大眾對作家的羨慕和尊敬。這與男巫的「道具」有著相同的預設作用，例如男巫的長袍和魔杖，填充的鱷魚，還有角落裡的骷髏；因為鎖上一個箱子，或者給箱子加上兩道鎖，就會引起人們的騷動，從而引發人們的猜測，很想知道箱子裡是否裝著什麼特別的物件。小的時候，我有個哥哥特別喜歡把他私藏的寶貝鎖進盒子裡，然後拿出盒子向我們炫耀，打開盒子上的鎖，微笑著朝盒子裡瞥上一眼，再輕輕地蓋上，故作神祕地鎖好，期待著我們能表現出強烈的好奇心；可是後來經過偵察，我才知道，他的盒子裡並沒有裝著什麼寶貝，無非是些羊毛、乾癟的蠶豆和子彈殼而已。

所以，我也清楚地知道，有些作家和藝術家把他們所從事的工作神祕化，表現出一種虔誠，似乎需要想像力的寫作行業和藝術創作是個極其複雜的過程，不能向普通人解釋，所有權只能歸屬於某個同業協會。就這樣出現了各種派系和圈子。如果他們的作品沒有得到世界的承認或者喝采，圈子裡的人就會相互讚賞，相互告慰，試圖藉由他們之間的親密關係抵消公眾的冷漠。

這也不適用於那些對藝術真正感興趣的群體。對藝術（無論何種藝術）有著濃厚興趣的人們會形成一個趣味相同的圈子，坦誠而又熱情地討論各種創作方法，以及他們所喜愛的書、思想見解、繪畫和音樂。這是一種完全不同於其他的事情，是一種不易受到外界影響的濃厚興趣。為了排斥而排斥的欲望就會促使這樣的熱情變得低劣並且出現病態；沉湎於孤獨的癡迷，希望自己的聲音被人聽到；眼睛留意著公眾的反應；試圖讓別人困惑不解；利用人類好奇的本能——這可是人類天生的欲望，都想知道某個群體內部的事情，似乎其內部有著什麼令人興奮的交易。

例如，拉斐爾前派畫家就是這樣的團體，而不是一個排外性的小集團。他們全副身心地投入到創作當中，享受著藝術創作的樂趣，留心尋覓藝術的發展前途，歡迎並讚美某種類的作品，就像女詩人羅塞蒂認為的「那種使人深感震驚和絕妙的作品」。他們對自己的領域很有把握。這個兄弟會及其創辦的刊物《萌芽》，還有神祕的首字母簽名，組成了一個龐大的隊伍；他們團結一致，因為他們希望像刺殺暴君那樣深入批判時下傷感的庸俗藝術。當然，他們的影響力還不足以掀起一場革命，只不過像是流動的河水所泛起的漣漪，而且他們的內部很快就出現了分歧，大多數成員另起爐灶，以他們自己的方式繼續創作。這場運動所體現的力量，不過是他們對藝術如饑似渴的追求，對美的大聲呼喚，就像賈斯特頓先生說的那樣，如同一般人對啤酒的喜愛。但是他們的目標不是把藝術神祕化，也不是擴大他們自身的重要性，而是引導同化對此持懷疑態度的人，從而創作出更多、更好的作品。

在盎格魯—撒克遜人的性格裡有種氣質。整體來說，這種性格氣質讓他們不適宜運動或參加群體活動；維多利亞時代文藝界的偉大人物也都是孤獨的人，與傳統規範顯得格格不入。他們都有著極強的個性，完全按照自己的思路創作，不太顧及流派和常規。盎格魯—撒克遜人雖慣於順從，但是卻不喜歡仿效別人；他們用自己的方式做事，腦子裡充滿著奇思妙想。就拿華茲華斯、濟慈、雪萊、拜倫這四位同時代的偉大詩人來說，他們的作品相互受到的影響就很小。想一想司各特在總結自己的藝術信條時說的話吧，他說自己已經獲得了成功，而他獲得成功的程度在於自己能夠坦率真誠地快速創作，他這麼說的意圖，是為了取悅年輕又熱切的人們。確實，華茲華斯對於自己的作品保持著莊重的權威，承擔著類似於祭司的職責，他從來不反對招待熱情的來訪者，也願意向來訪者講述自己的創作過程，並向他們介紹某些作品是在什麼地方寫出來的。但是華茲華斯，就像費茲傑羅真實描繪的那樣，非常驕傲，不是自負——驕傲得就像高高飄浮在天上的雲或者孤傲的山。他需要的不是稱讚或者喝采，他需要的，是完成自己作為詩人的責任，以及他人的理解。

以後來的偉大詩人為例，丁尼生喜歡寫一些宏偉壯麗的詩篇，也會像孩子般自

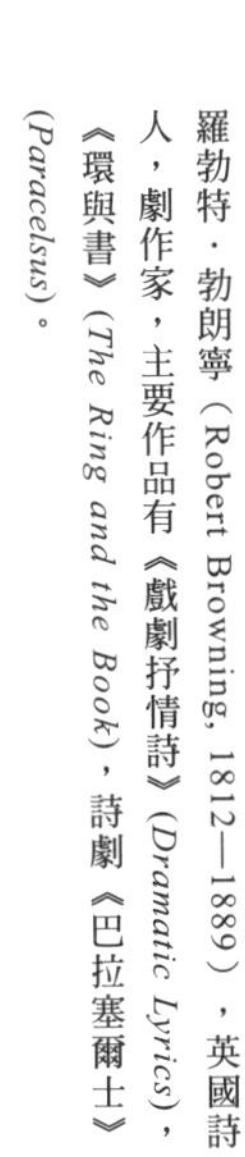

羅勃特．勃朗寧（Robert Browning, 1812—1889），英國詩人，劇作家，主要作品有《戲劇抒情詩》(*Dramatic Lyrics*)，《環與書》(*The Ring and the Book*)，詩劇《巴拉塞爾士》(*Paracelsus*)。

我陶醉。他曾說過，公眾渴望瞭解藝術家生活的私密細節，但是這種好奇是最有辱人格、最低俗的行為，然而當他說到這裡時，他歎了口氣補充：關於對他聲譽的讚美，最近這段時間好像減少了；他已經有好些日子沒有收到讚美自己的信件了！

勃朗寧則是另一種情況。他嚴格地把自己的癡迷和寫作進展對外封鎖起來，從不向別人透露自己是如何構思或寫詩的。他對自己的職業就像很有修養的股票經紀人一樣謹慎，不會輕易開口說什麼。他盡自己最大的努力給人留下完美紳士的印象，高雅又不失傳統，閒聊一些不那麼有趣的奇聞軼事，盡可能表明自己是個普通人。的確，在十八世紀，與文學這一領域相關的工作還不是那麼特別受人重視，我相信這個觀念一直讓勃朗寧十分苦惱。還有，就像格雷那樣，勃朗寧也希望被人視為一位隱居的紳士，寫作只是他個人的樂趣罷了。後來的幾年他經常外出度假，目的不是私下找個地方沉思，而是為了擺脫令他疲憊的社交活動，恢復自己的精神狀態。這方面，勃朗寧確實是文學界裡最神祕的人物之一，因為他內在的詩人生活完全遠離了外在的聚會吃飯、喝茶聊天的生活。他的內心常常是翻江倒海；他高度讚揚人類激情的價值，積極投身於揭露可恥靈魂的祕密；然後從自己的寫作狀態中脫身而出，搖身一變又成了謙恭有禮、舉止得體的紳士，他乍看之下像是一個退休的外交官，他的談吐像是一位睿智的商人——只要有機會，他便如此這般地表現自己，他似乎希望自己是一個與大家一樣有幽默感的人。

我們又該透過什麼來認識狄更斯呢？是他對私人戲劇演出的喜愛，還是他那漂亮的馬甲和金錶鍊？是他那感傷的激進主義，還是他那為人直爽、和藹可親、飲酒作樂、喜歡社交的生活方式？狄更斯同樣癡迷於孤獨的寫作，他似乎並不喜歡討論創作思想和方法。後來，為了有利於寫出更多作品供讀者閱讀，也便於自己賺錢，狄更斯就辭去了工作，專心寫作。他的這一舉動也頗為古怪，值得文學界研究。這一點，狄更斯與莎士比亞比較相似，也就是說，他後期的生活激情似乎用在了實現資產階級繁榮的理想上。狄更斯似乎把自己的創作一方面視為改造社會的一種手段，另一方面是為了賺錢。他之所以有這樣的想法，在很大程度上是因為他以前的生活窮困潦倒，經歷過令他感到恥辱的悲慘境況，在他內心深處留下不可磨滅的印記。然而，他的創作活動本身並沒有結束，只是他在前進的道路上又發現了新的目標：實現資產階級的繁榮。

再來說說卡萊爾①。這位作家把表達思想放在首位，不太看重自己的職業，只是希望透過寫作發表自己的預言。他討厭文人及其小圈子，較偏好貴族社會，但與

① 湯瑪斯．卡萊爾（Thomas Carlyle, 1795-1881，另有翻譯為卡列利）是蘇格蘭評論、諷刺作家、歷史學家。他的作品在維多利亞時代甚具影響力。

此同時他又總是說，貴族社會那種令人厭倦的氣氛無法言表。誰能理解卡萊爾為什麼不顧疲勞走上數十英里去參加在公共浴室舉行的晚宴和酒會，只是因為那裡住著阿什伯頓人？或者是什麼刺激他對貴族社會有了更新的認識？我相信，作為蘇格蘭小農場主的兒子，處在準貴族階層的圈子裡，有著確定的、受人尊重的社會地位，卡萊爾相當無意識地滿足了自己的自尊。他最終移居克雷幹帕托，而這一舉動表明，住在自己的領地裡，或者至少是他夫人的領地裡，成為一個沒有爭議的領主，令他倍感舒適，因為他有了尊嚴，對此我並不懷疑。我這麼說並不是想貶低卡萊爾或者指責他的勢利。他不希望自己以奴性般的順從緩慢地進入上層社會，他喜歡走進去，並在那裡發表自己的見解，不懼怕任何人；這些素質可以說像是一面大鏡子，反映出他自己的獨特性。然而，在評論自己的同行時，還沒有誰的話說得比卡萊爾更嚴厲、更猛烈。他把查爾斯・蘭姆描述為「一個身體虛弱、喘著粗氣、走路不穩、講話結巴的大傻瓜」。這麼說可有些不近人情。再看看他對華茲華斯的描述——他說華茲華斯不是與他握手，而是向他伸出了「幾根麻木的、沒有什麼反應的手指頭」；卡萊爾還說華茲華斯的演講「囉唆冗長、空洞無物、枯燥乏味」，是他聽過最糟糕的演講。他承認華茲華斯是一個天才，但他又說華茲華斯「在本質和非本質兩方面都只是一般的天才罷了，他們想唱什麼或想說什麼就讓他們去唱去說吧」。事實上，卡萊爾鄙視自己的職業：作為作家堆裡最生動、最健談的人，他卻嘲弄自我表達的欲望。一方面他是演講次數最多、效果最好的演說者之一；一方面他又稱讚和主張沉默的美德。他想要把自己描述成一個不說廢話的實幹家。羅斯金②則非常尖銳地指出困擾卡萊爾一生的難題。羅斯金說，在卡萊爾的生活裡，他對自己難以承受的工作負擔一再抱怨，感到筋疲力盡，常常發出悲歎。然而，當你開始閱讀卡萊爾的作品，你會發現裡面充滿了奔放的、生動的細節，一切都顯得那麼有活力，從某種程度上看不像是耐心收集起來的素材，倒像是他公開表明自己樂於這麼做。另外他的演講風格也是一個謎。他的演講向來是熱烈的、雄辯的、感人的、滔滔不絕的高談闊論；可是卡萊爾卻說自己每次走上講台時都非常猶豫，演講

②十九世紀英國傑出的作家、批評家、社會活動家。代表作有《時至今日》（1862）、《芝麻與百合》（1865）、《野橄欖花冠》（1866）、《勞動者的力量》（1871）和《經濟學釋義》（1872）等。

前一天的晚上經常失眠，焦慮不安，需要服用鎮靜劑；他還喜歡說，這個時候他最希望聽眾做的，就是將一個大浴盆倒過來扣在他身上；可是當他在聽眾的熱烈歡呼聲中和暴風雨般的掌聲中走下講台時，他說，他認為靠四處演講賺取錢財，讓他覺得自己就像是個騙子，一個專事敲詐勒索榨取錢財的人。

布蘭得利在擔任瑪律堡學校校長期間，丁尼生曾與他同住一段時間，他們之間發生了一個有趣的故事。有天傍晚，丁尼生認真嚴肅地說他嫉妒布蘭得利。他說的是真心話。在他看來，校長的生活是那麼真實，那麼有成就感，做的都是腳踏實地的工作。丁尼生承認，他有時會對自己的詩進行深入的思考，所有這些煞費苦心寫出來的詩到底有什麼意義和價值？與布蘭得利相比，究竟誰生活得更好、更愉快？

事實上，作家們忘記了，完全相同的想法也同樣困擾著那些大忙人。舉個例子來說吧，批閱了一天考試卷的人，或者開了一天會的人，如果能深思一番，就有可能自言自語地說：「唉，我就像是個做苦工的，忙碌了一天，閱讀了一份又一份的卷子，或沒完沒了地討論著一些無關緊要的瑣事細節，所有這些工作到底有什麼意義呢？」阿爾弗雷德·賴爾爵士曾說過，如果一個人參與了重大的公共事務，他對文學的看法就會產生變化，這就像乘帆船橫渡大西洋的人也許會聯想到泰晤士河上划船的人一樣，彼此可以感同身受。英國上議院大法官利奇菲爾德去世的時候，有件事讓大作家約翰遜感到非常惱火。鮑斯威爾對他說，如果當初選擇法律作為自己的職業，你約翰遜也許就當上了大法官，可以獲得與利奇菲爾德同樣的頭銜。約翰遜聽了這話後特別惱火。他說，這個時候向一個在這一領域相當有潛質卻沒有任何建樹的人提醒這樣的事兒不太友善，未免說得太遲了些吧。

從上面的這些插曲和敘述中，我們可以推斷，即使是最傑出的作家，他們當中有些人還是會感歎，雖然從事文學創作，卻不覺得那是自己最好的職業選擇，而且這樣的想法時常讓他們感到痛苦，因為相較於在政界這些領域中，政客們所獲得的成功往往要實惠得多，也榮耀得多。

但是我們不得不自問一下，從成功的角度來看，一個富有想像力的人究竟意味著什麼，到底是什麼促使人們有了這樣的想法。撇開比較明顯的物質方面的優勢，例如財富、地位、影響力、名譽等等，一個思想深遠、視野開闊的人很有可能產生這樣的想法，那就是一旦有機會走入政界或擔任高層公職，透過示範、戒律、影響力和法律所賦予的權利，他會做出一些事情來讓自己的思想和宏偉藍圖變成既成事實，進而會對道德的提升和社會的變革施加影響，其本人也會名垂青史。從過往的歷史來看，我們不得不說，偉大作家的良好聲譽往往是在其死後逐漸形成的，所以我們必須特別謹慎，不要在某個著名作家還健在的時候，把他對未來的影響，甚至他對現在的影響，僅僅歸功於他的觀念。毫無疑問，羅斯金和卡萊爾確實在極大程度上影響了他們那個時代的思想潮流。羅斯金在講授藝術理想時，概括了他對美和美的影響力的追求，而卡萊爾則反覆灌輸一種更有說服力的理論，表明自己積極的正義行為和對偽善之詞、慣用客套的仇視。可是羅斯金在隨後的幾年深切地感受到自己的無能，一直生活在失敗的陰影裡。他認為讀者欣賞自己精美的詩句，卻嘲笑他的思想；而卡萊爾則覺得自己的大聲呼籲是白費力氣，因為世界比以往任何時候都更加舒適安逸，人們專心追求的是物質的享受和虛偽的體面。

如果我們把實幹家與作家的名望進行比較，對比的結果還真是讓人困惑。誰能把最微小的思想與約翰遜所嫉妒的利奇菲爾德這個名人連在一起？以崇拜之心懷念華茲華斯的人裡，有誰瞭解戈德里奇子爵這位與華茲華斯同時代的英國首相的任何功績呢？世界一遍又一遍地讀著已逝詩人的自傳或回憶錄，前往詩人貧窮時生活過的小村莊朝聖，珍惜記載著詩人創作活動的每一點遺跡，收藏相關的任何紀念物。政客和將軍的名字逐漸被人們淡忘，只有專門從事歷史研究的學者還記得他們，而公眾對偉大的小說家和抒情詩人，以及一些不那麼重要的作家卻不斷地重溫，或者得到重新的詮釋。當濟慈臨終躺在羅馬那悶熱嘈雜的房間裡，如果他知道一百年後自己生活的每一個細節，他隨手寫下的許多信件，都會被人們以渴求的目光掃瞄和審視，而很少有哪位歷史學家能說出當時掌權的內閣成員的名字，他會怎麼想呢？

莫利公爵曾講過這樣一個故事。一天，他在倫敦自治城市切爾西這個文藝界人士聚集地的大街上，遇見了拉斐爾前派畫家羅塞蒂，當時這裡正在進行議會大選。當他們相互交談了幾句後，莫利發覺羅塞蒂甚至沒有意識到他應該關心一下大選。當羅塞蒂得知正在大選，他有些猶豫地說，其實哪一派獲勝都無所謂。莫利公爵在講述這段軼事時說，他本人現在也不記得最後是哪一方入主議會了。由此他得出了一個結論，議會選舉的事其實和我們真的沒有什麼關係。

事實上，民眾的生活還得繼續，而政治家為其行政管理做出了非常精心的安排，只是這種安排對民眾的現實生活卻無足輕重。世界上最明智的政治家並不能在很大程度上影響民眾的生活，頂多是利用公眾輿論的趨勢。如果他敢越雷池一步，很快就會陷入困境；政治家所能做的最大事情，也許就是提前六個星期預測民眾在想些什麼。然而，作家的聲音是從心靈深處向讀者發出呼喚；作家給人啟示，讓人產生靈感，激勵人們積極向上；作家表達思想的方式是那樣美妙，所創作的是能滿足人們精神需要、值得人們敬重的作品；時下普通人信仰的事情，正是理想主義者半個世紀前所信仰的事情。作家必須利用自己的名望碰碰運氣；而他最大的希望，就是避免使用那種能操縱對手和聽眾價值觀念的修辭手段，盡最大的努力透徹而優美地展現他的夢想和願景，這是最理想的結果。政治家則不得不去辯論、抗爭、妥協、轉變，不行的話，就採取強制手段。這是一種卑鄙的行動過程，而政治家在開始時必須不顧顏面，也許還要犧牲真理。他可能會說服別人接受他的觀點雖然不是最好的方式，但也可以取得實際效果。事實上政治家是機會主義者和陰謀家，而且他不能按照自己的意願改變生活，只能按照他的政治理想去管理社會。當然，在某種程度上，作家要承擔的風險更多；他也許會拒絕平凡、務實的工作，而且沒有力量為自己插上飛翔的翅膀，實現自己的夢想；他也許碌碌無為，一生毫無建樹，最終沒沒無聞地死去，雖說最初心裡想的是兩鳥在手，到頭來卻還是兩手空空。作家也許最終成為唐吉訶德式的人，以臉盆做頭盔，手執長矛衝向風車；但是他別無選擇，與那些為了獲得成功而付出代價的人相比，他所付出的代價更為沉重。

把生活與文學創作對立起來也許是完全錯誤的；人們應該能在吃飯喝酒之間看出區別。也就是說，如果一個人獻身於富有想像力的創作，獻身於對美的洞察和表達，他就必須讓自己從其他活動中跳脫出來。想像畢竟是人類生活的一種功能，它也完全適用於股票經紀。事實上，我們盎格魯—撒克遜人把獲取財富視為最顯著的生活功能，不僅出於自身的本能，還因為遺傳特質所致。一個人只要忙於獲取財富，就沒有更多的時間去提問，我們理所當然地認為，只要他不破壞社會規則，忙碌就是合乎道德的；如果某個人以不同尋常的手段獲取了世界財富的很大額度，我們就會對這個人讚頌備至。事實如此，自原始時代起，我們人類努力的目標和最終目的並沒有發生多大改變，而且我們一直有著這樣的印象：擁有豐富資源是成功者的標誌。我猜想，休閒作為消遣，在美國要比在英國更容易被人懷疑、否定；即使在英國，閒散的權勢人物也會受到人們的羨慕和妒忌。如果一個人打高爾夫球或打野雞，過著成功人士的生活，與那些出於娛樂而寫詩作畫或作曲的人相比，會受到更多的信任和尊重。野外運動足以讓人理解；而對藝術的追求就需要做出一些解釋，解釋的結果又往往讓人懷疑他們是不是生性柔弱，行為古怪。只有在藝術作品能換取大量的錢財時，這些藝術家才會完全得到敬重。

我有個朋友，不久前剛剛去世。他年輕時曾做過行政管理工作；很有錢，剛過中年就開始沉醉於休閒生活。他四處旅行，廣泛讀書，深入社會，享受和朋友在一起的快樂時光。他去世之後，被說成是個業餘的藝術愛好者，人們稱讚他光明正大、行為公正，具有很多優點。甚至他最親密的朋友也覺得有必要做出解釋或找些託辭，說他膽小害羞、說話結巴，不適合進入議會任職。但我認為，能為自己的朋友做的那麼多，能讓人充分感受到那種最簡樸的幸福感，這樣的人還真的不多。和他在一起時，你會本能地感覺到他對你的熱情，他全心地享受與你在一起的每時每刻，這也讓你覺得生活是那麼地輕鬆愜意。他去世時，我就在想，僅僅根據一個人的職業和事業來評價他的美德和功績，是多麼單一啊。假如當初他進入議會，投上他那一張無關緊要的無聲票，大部分時間用來參加各種公共集會，寫寫信函，在議會的走廊裡說說閒話，他肯定會被人們認定是個舉足輕重的人；但事實上，到頭來，這種工作似乎不太可能會讓他有什麼真正的業績，儘管他在朋友遇上麻煩時曾出手相助，或者幫助過一條瘸狗爬上台階，待人友好，善解人意，曾經是十幾個群體或圈子裡的中心人物。遺憾的是，依照社會的標準，他的這些行為還不能夠被斷言是成功的，他一生奉獻出自己全部的精力，堅持不懈地做善事。而一些我能想到的人，他們為人自私，生活舒適，只管賺錢積攢財產，卻沒有一點真正的仁慈和溫雅，與我這個喜歡充當和事佬的朋友相比，人們卻認為他們做得很好，值得尊重。

這讓我意識到許多我們珍愛的理想其實是多麼的偏頗，令人無法忍受；除了那種純粹的自私自利、強取豪奪的生活之外，一個又一個自封的慈善家或者活躍的政客不過是在追求自己的野心罷了，他們的行為並沒有產生什麼好的結果；整體來說，大部分所謂的公眾人物極少是為了公眾而工作；事實上，以簡樸、仁慈、不計得失、友好的態度對待生活，才是美德和美的真正泉源，也是另一種成功的人生模式，值得人們永遠的珍藏和紀念。

而文學恰恰是可以幫助我們培養上述這種成功生活模式的元素之一，所以，現在還是要談談我們稱之為文學的東西。沒人認為我們離得開文學，而且從文學的本質來說，它是愉快、美好、生動談話的一種擴充。文學是對生活愉快的感知，是一種可以介入巨大祕密的狂喜。透過文學，我們能享受到愛情和友情的樂趣，實現對美的崇拜，還可以透過人類能採用的最有效形式，逐漸形成對無法實現生活的憧憬、獲得面對現實世界無可奈何那一面時所需要的勇氣，和對已逝去生活的記憶。財富的積累並沒有什麼真正的精神價值；世界上只有那些在第一線工作的人和那些為別人增加快樂的人，有資格得到我們的讚揚，但事實上他們卻很少得到敬重。

當然我不否認，藝術生活確實存在著某些弱點，那就是許多人常常沒有把從事藝術創作視為是一種純粹的交流，是在透過它來傳遞我們內心的激情，就像孩子在講述著扣人心弦的故事，陶醉在其中，而是將藝術創作當成吸引公眾眼光，博取公眾喝采的手段；於是藝術就與其他關注自身利益的活動毫無區別。相反的，如果一個人在從事藝術創作時，抱著給予而不是索取的願望，抑制不住要與他人分享歡樂的衝動，那麼藝術創作不僅能夠成為高雅莊重的事業，還能成為一種無法估量的推動力，讓世界變得更加美好。

如果從事藝術創作的人沒有上述的願望，只是將其視為一種手段，無疑的，這又給藝術創作的道路投下了一道濃重的陰影；我所認識的最不愉快的藝術家，是那些有著強烈情感和敏銳洞察力的人，他們還沒有能力用某種藝術形式來表達自己的感受。可悲啊！正是這些人，他們胡亂地擁擠在文學的道路上和門廊裡。他們受到藝術芳香的吸引，不願去做那些平凡的工作，事實上這很危險。而且當他們試圖表現對藝術的癡迷時，卻並未具備藝術的感官和熟練的技巧。於是這些人要嘛變得狂熱、憂鬱，要嘛變得刻薄、傲慢，渾身散發出令人厭惡的狂躁和傲慢。

「一本書，」約翰遜博士說，「要嘛向讀者說明該如何享受生活的樂趣，要嘛向讀者說明該如何忍受生活的磨難。」對文學作用的表述還有比他的話更尖銳、更恰當的嗎？任何人，只要他能，無論是享受生活樂趣的人還是忍受生活磨難的人，都有權利說出自己的感受。如果他願意幫助其他人享受樂趣或忍受磨難，那麼他永遠不必質疑自己在生活當中所發揮的作用；如果他不能愉快地享受生活的樂趣，他至少還能以善意的幽默去忍受生活的磨難。

一個人只要忙於獲取財富，就沒有更多的時間去提問，我們理所當然地認為，只要他不破壞社會規則，忙碌就是合乎道德的；如果某個人以不同尋常的手段獲取了世界財富的很大額度，我們就會對這個人讚頌備至。

Chapter 3

新詩人

山形牆上有一扇黑漆漆的窗戶，從這裡可以俯視我那一片狹窄的小花園，那兒長著幾棵巴丹杏樹，如今這扇窗戶和黑色的窗框已經突然變成某種日式格子窗的模樣。窗外的杏樹盛開著美麗、幾何形狀的粉紅色杏花；儘管杏花樸實無華、柔美芬芳，但還不足以讓人們用來表達愛情。其實杏花的純潔美麗，也是很多別的花兒無可媲美的，讓人迷戀——這種迷戀產生自人們對杏花純潔無瑕的喜愛，就像你早晨醒來，發現房間裡有一位天使：遺憾的是，天使卻根本不理解你的煩惱！

探頭望去，窗外更加芳香的氣息撲鼻而來，長著精美的深紅色小花和精緻翠綠色葉子的歐瑞香，也從夜夢中醒轉。萌芽期的歐瑞香讓我誤以為亞倫魔杖已經發芽，其特有的小枝、堅硬的外皮，就像霎時燃燒起來的綠色和紅色火焰。

眼前的美景讓我情不自禁地臆想著，一定會有什麼好運降落在我身上；果真不出所料。我走到花園時，恰逢有位朋友來探望我，而這位朋友既是難得一見、又是我很喜歡見到的人。他很年輕，在文藝界頗受讚譽，是個舉足輕重的人物。他隨身帶來兩本非常高級的刊物；其中一本是報導作家動態、滿足人們廣泛獵奇心理的雜誌。許多精美的新作品我都是透過他的推薦才第一次聽說；他要嘛鄭重其事地讚美他所推崇的作品，要嘛低聲地朗誦著詩句，或者扯著他那又尖又細的嗓門配合著誇張的表情表演著，就像一團隨風飄來的嗆人火苗。令我對這位年輕人刮目相看的是，他還有另外一種才能，作為一個熱情的評論者，他往往能像一塊水晶透鏡那樣專心地審視各類作品。

聊了幾句之後，我對他說：

「來吧，你這位黎明的使者，向我介紹幾位可以讓你讚歎的新作家。你每次來看我，都會帶上一些新的作品，這次也一樣吧？」他神祕地笑了笑，從衣袋裡掏出一本小冊子，給我讀了上面的幾行詩；這裡我不想說出那個詩人的名字。

「你覺得怎麼樣？」他問道。

「啊，」我說，「非常好；但這是最好的詩嗎？」

「是的，」他說，「是最好的詩。」接著他又給我讀了幾段。

「好吧，」我說，「我得向你坦白。你讀的東西在我看來似乎非常悅耳，寫得也很有技巧；可是我認為詩裡存在著不可饒恕的錯誤：太過書卷氣了。那個詩人肯定聽過也讀過許多甜美又莊重的詩句，輕柔持續的詩句就像迴盪在樹林裡的豎琴曲，琴聲低低地響在他的腦海中，風聲吹進了樂曲裡。但是我想讀的可不是這樣的詩；我想要的是有生命和靈魂的詩，在你朗誦的時候，可以讓我感受到好似有一口噴著活水的泉在叮咚流淌。」聽我這麼一說，年輕人一臉的迷惑，但似乎明白了什麼，於是改變聲調又讀了幾頁。接著他對其他兩三位作家的作品評了一番，並補充說，他相信經過漫長的冰凍期，詩歌創作定會出現重大的突破。

「好吧，」我說，「我當然也希望如此。如果說世界上有樣東西能讓我渴望，那就是我希望自己還有能力聽出並愛上新的聲音。」

於是我把自己經常想到的一個故事講給他聽。我年輕時非常癡迷於閱讀丁尼生、歐瑪爾．海亞姆和斯溫伯恩的作品。有一次，我前往一位年長的商人家裡拜訪，他是一位銀行家，也是我們家的老朋友。他身材魁梧，體格結實，滿面紅光，脾氣溫和，只是他的嗓音，聽起來像是奄奄一息的老鼠叫喚，又尖又細。吃過飯後，我們坐在他家寬敞的餐廳裡，望著外面開闊、落滿灰塵的花園，逐漸把話題轉向了讀書。我覺得這時我該讚揚一下斯溫伯恩的作品，因為他讓我談談讀書的感受，我便引用了斯溫伯恩的一句詩：

即使是最令人厭煩的河流
風也能把它安全地送入大海。

他聚精會神地聽我讀著，然後說詩寫得不錯；但是接下來他說，與拜倫的詩相比，斯溫伯恩的詩算不了什麼，他清了清嗓子讀了幾句拜倫的詩。不過我得抱歉地說，當時我自以為是地認為，拜倫的詩就像凋謝了的或者枯萎的花。那老銀行家卻傷感地落下淚來，淚水打濕了襯衣的前襟；這時他果斷地說道，自拜倫以後就沒有什麼詩了——一點兒也沒有。丁尼生的詩不過是可以用來譜曲的歌詞，勃朗寧的詩晦澀難懂，等等。至今我還記得自己那時年輕氣盛、傲慢無禮的行為，以為老人家完全喪失了同情心和判斷力，真是太冒失了。因為那時在我看來詩歌真的是很重要的東西，充滿了各種聲調和韻律。當時的我並不理解，正如我現在理解了一樣，這完全是一個符號和象徵的問題，而且就像《詩篇》裡說的那樣，詩歌不過是在白天向一個人講述所發生的事情，到了晚上向另外一個人證實事情的發生。我現在懂了，儘管在很大程度上詩人並不總能讓讀者與自己形成共鳴，但詩歌不應有任何欺騙和謊言，沒有哪個詩人能讓你產生和他一樣的感受；詩人的藝術價值僅存在於他能在多大範圍裡把自己的感受傳遞出來；於是我就把老朋友的想法看作是豎立在田地裡嚇唬鳥兒的稻草人，一個衣衫襤褸、孤零零站在那裡的可笑傢伙，而真的農民則在忙著他們自己的莊稼，我當時並沒有說出來，但是有這麼個傻念頭在我的腦海裡一閃而過。所以我把這個故事講給來訪的年輕朋友聽。我說：「我知道，只要愛上什麼東西，被這個東西的美所打動就行了，至於一個人喜歡什麼、被什麼所打動，其實真的沒有關係。不過，我還是不想讓這種情況出現在我身上；我可不想讓自己成為沙灘上的一顆卵石，隨著潮汐漲落，一會兒被淹沒在水裡，一會兒被推上岸邊。我想感覺並接受新的資訊。在幼稚園裡，」我接著說，「每當老師給我們讀詩的時候，我們就會惹老師生氣，因為我們總是問她，『這是誰編的？』老師就會告訴我們，你們應該說，『是誰寫出來的？』所以現在我覺得應該問，『是誰編的這首詩？』而且我還覺得，就像畫招牌或看板的人依據自己的見解所做的判斷，當他看到某個旅館掛出了一塊新的招牌，並厭惡地說，『這塊招牌看起來怎麼做得這麼業餘呢？』你所讚美的詩人，在我看來只是一個很有天賦又有些技巧的詩歌業餘愛好者罷了。」

「好吧，」他相當不高興地說，「當然了，也許是這樣；但是，如果你堅持不欣賞這樣的詩歌，那我也要勸你別對詩歌有什麼新的期待。」

「不，不是這個意思，」我說。「有太多拙劣的詩人，這些詩人在海外被善意的愛慕者所接受和吹捧，但是人們現在已經看出，這樣的詩人寫出的作品沒有任何意義，卻給藝術的道路設置了很多死胡同；他們不會有什麼創新；如果人們花費大量時間探索他們的作品，那就又返回了原點，這是詩歌的一種倒退。」我接著說，

「真的，我寧願錯過一個偉大的詩人，也不願意受到一個平庸詩人的誤導。」

「啊，不，」他說，「我可不這麼認為。即便事後我發現這詩確實不那麼動人，我也寧願讓自己受到這些詩句的感染，激情四射，不能自已。」

「如果你能坦率地承認這首詩不怎麼樣，」我說，「我倒可以站在你這一邊。我不介意你說，『這首詩激發了我的興趣，讓我身心愉悅。』我所反對的是你說，『這些詩是偉大的、永恆的。』我覺得我還有能力去鑑別這位詩人是否偉大；但首先他必須的確是偉大的，尤其是他所處的時代確實存在著大量的優美詩句。我猜想，這位詩人的詩也許能夠編成一部非常優美的選集。許多人在活著時會寫出十幾首優美的抒情詩，他們那充滿活力的思想、豐富的想像力、敏銳的幻覺和優美的語言，所有這些因素激發了他們的創作欲望。但是發揮作用的卻唯獨沒有偉大的、寬廣的、豁達的、柔情的心，所以充滿技巧的詩歌可能很美，卻沒有靈魂，更談不上偉大。我甚至不想多加解釋。那麼，是否有哪位偉大的詩人具備這樣的胸懷和高超的語言表達能力呢？我相信當下有著比以往更多的詩歌，更多對美的愛，更多的情感；許許多多的男人和女人在生活中離不開詩歌，只是他們沒有能力寫出或者朗誦自己的詩歌。」

「誤入歧途的一代在刻意追求某種符號，」年輕人相當冷酷地說，「可是除了舊有的符號，並沒有新的符號出現，而且舊有的符號已經存在好幾百年了！」他接著補充道，「我不在乎具有象徵性的符號。我想要的是品質；而我剛才說過的這些新詩人，就具有這樣的品質，這正是我要求的一切。」年輕人激動地說著。

「不，」我說，「我想要的遠不止這些！勃朗寧讓我們感覺到了靈魂的呼喚，雖然有各種新的創作風格、流派衝擊，但他的詩歌卻依然保留著激昂的渴望。丁尼生——」

「可憐的老丁尼生！」他說。

「你這麼說非常沒禮貌，」我說。「當年老銀行家眼含熱淚背誦拜倫的詩時，我就有過無禮的行為，現在你這麼說，就與當時的我一樣。丁尼生雖然犯過那麼多錯誤，但仍是位偉大的音樂大師；他用詩的語言表達了人類細膩、平凡的家庭情感——歌頌勞動的詩、日常生活的詩、和平的詩。他的詩新穎、豐富、輝煌，你之所以不得不尊重這些詩歌，是因為在你看來這些詩歌保留了傳統的風格，而在我看來，他的詩歌是首行軍進行曲，因為詩人向人類表明：科學只是擴大了信念的外延，而不是破壞了信念實質。這兩位都是偉大的詩人，他們高瞻遠矚，用敏銳的感知去瞭解普通百姓到底都在想些什麼：人們希望自己的生活充滿詩情畫意，而你讚美的這些無足輕重的詩人卻恰恰沒有看到這一點。老百姓和我們一樣，在看到百花盛開、百鳥鳴唱的花園時滿懷欣喜，感慨萬千，如果他們有寫詩的能力，每逢這樣的時候，他們就會有種要去寫寫抒情詩的衝動。但我透過詩歌想要獲得的遠不止這種衝動。我和你，還有成千上萬的普通人，我們渴望的是那種能讓大腦興奮、心跳加快的感覺。我們說不清楚這種感覺是什麼，而一位好的詩人卻可以透過他的詩讓我們擁有這樣美好的感覺。」

「是這樣啊，」那個年輕人說，「恐怕你要的詩歌是可以傳達出更多人類道德或者倫理層面上的東西，那種讓丁尼生詩裡人物感到滿足的東西，這樣的人：

走在妻子和孩子之間
不時露出嚴肅的微笑

但是我們詩人寫的詩歌往往和這些毫無關係，我們需要的是這樣的詩人：他們能夠表達人類高度的組織化，還有那些美好的、彌足珍貴的、非同尋常的思想，而你卻希望詩人歌頌麵包和奶油這些與普通生活息息相關的東西！」

「是的，」我說，「我與費茲傑羅的觀點一致，那就是真實的生活就像茶、麵包和奶油，是最有價值的食品——我們唯一不能離開的東西。我希望詩人能寫進他們詩裡的，正是這些我們不能缺少的東西。我同意威廉・莫里斯的說法，即藝術是我們所有人都想要的東西，因為藝術可以表達一個人在自己工作中的樂趣。藝術越是隱退到細微難察的精妙和智力的隱約難辨，就越有可能變成難以理解的神祕之物，我也就會更少關注。當丁尼生對一個農夫的妻子說，『有什麼新消息嗎？』農夫的妻子答道，『丁尼生先生，只有一個消息值得說，而且不必再說了，那就是基督為全人類而死！』丁尼生非常莊重而簡短地說，『啊，這是古老的消息，也是好消息和新消息！』而這恰恰是我希望詩人能告訴我們的。我可以斷言，這是詩人留給人類共同的遺產，並不是專屬於文人雅士。」

聽了我的話之後，年輕人笑了起來，說道：

「我認為這非常像是一個具有維多利亞王朝中期文化特徵的觀點；我能用丁尼生的傳奇來駁倒你。丁尼生曾把斯溫伯恩的詩稱作『從法國帶來的有毒蜂蜜』，而斯溫伯恩則以丁尼生這位桂冠詩人的家釀糖漿加以回敬。你不能兼而有之。如果你喜歡糖漿，你就不能吵著要蜂蜜。」

「是的，我更喜歡蜂蜜，」我說，「但是在我看來，你似乎在尋找被我稱作故事性詩歌的東西。這正是我所擔心的。我不希望詩人們創作出來的作品僅僅是堆砌的詞藻。我對所謂的『強勢詩歌』非常反感；在我看來，這樣的詩歌一般都屬於粗俗的浪漫主義類型——其實就是些鬧劇。我希望能從詩裡得到我們在小說裡得到的東西——現實主義最好的類型。如今的現實主義正在放棄英雄理論；現實主義已不僅拋棄了舊有的習俗、恰當而又幸福的巧合、依據理想路線安排的生活；而且還直奔生活本身，向讀者展現內容充實、血氣旺盛、強壯熱切的生活方式，同時充滿了大大小小的錯誤、失敗和挫折、災難和恐懼。真實的生活就像是一條瘸了腿的大狗拖著腳步前行，而狗的鼻子仍舊能夠嗅到某種氣味。與按照浪漫主義路線安排的生活相比，這是更加神祕、更加奇妙的事情。這就意味著儘管生活需要我們蹚過泥濘

的道路，越過一道道障礙，但其內涵卻可以非常豐富。你可以嘲弄被你叫作道德準則這樣的概念，但道德準則只是各種衝突當中的一個名稱而已。事實上，我們總是與某種事物發生衝突，總是避免不了栽跟頭，然而這是令人興奮的事情。我希望詩人們能說清楚，我們所追隨的模糊又意味深長的東西到底是什麼。即使他不能做出清晰的解釋，我也希望他能讓我感覺到這些意味深長的東西是值得追隨的。我並不是說所有的生活都是潛在的素材，我不認為是這樣；但是這個世界上確實存在著令人癡迷、變幻莫測的完美事物。我隨處都能看到這樣的美，不管是黎明的曙光、遠處的風景、一行行樹叢、一片片田野，甚或是人們的臉龐、姿態、言語與行動。這是一條線索，一條閃著金光的線索，蘊藏著讓我們的視線產生美感的氣息。如果我能受到鼓舞去追隨這樣的事物，那我就太滿足啦。」

「嗯，」年輕人說，「我在一定程度上同意你的說法。這也恰恰是新詩人所追求的東西；他們提取生活中的純金，然後鑄成詞語和詩篇，而我判斷一個詩人的作品是否完美所依據的正是這一點。」

「是的，」我說，「但是我要的東西可比這個大得多。我希望隨處都能看到美，在所有的事物中看到美。我可不想無奈地築起一道道圍牆，把美的東西限制在狹窄的範圍裡，使美的東西無聲無息，孤芳自賞，忘記了外邊正在發生的事情。我希望詩人告訴我，閃現在人們目光裡、流露在人們微笑中的東西是什麼——我經常遇見一些人，糟糕的是，其中有幾個讓我覺得很難與他們生活在一起——可是儘管如此，我卻希望與他們成為朋友。我希望詩人把人類共同的歡樂、共同的希望和共同的願景都寫進詩裡。我目前能找到這樣的詩人是華特．惠特曼，他以純真質樸的心靈向我展示了美、奇蹟、強烈的情感和歡樂。這樣，我便會確信我與詩人渴望的是相同的事情，儘管我們還不能相互告知是什麼東西，我會覺得詩人真的就活生生的站在我的面前。」

聽我說完這席話，年輕人把手裡捧著的書默不作聲、慢慢地合了起來。

「是的，」他說，「如果詩歌可以寫到這樣的境界，自然是了不起的事情；但是現代人不太可能用這樣的方式理解事物。我們必須專門化；如果你想遵循新的藝術目標和藝術理想，你就得撇開大量被稱之為我們人類共同的東西，而且你還要滿足於獨自行走在窄路上。我不介意說得更直白些，我不認為你懂得什麼是藝術。

從本質上講，藝術是一件神祕的事情，而藝術家則是世界上的某種隱士。正如華茲華斯所說的，其中的奧妙可不是『平民百姓都能廣泛參與的樂趣』。藝術創作和藝術欣賞完全是兩回事；但是藝術本身無法妥協，只能甘願受到別人的誤解；而我認為，你就像你的那位銀行家老朋友一樣，只是不願意接受這樣的詩罷了。」

「好吧，」我說，「我們將拭目以待；不管怎樣，我會認真閱讀這些新詩人的作品。如果我真的能喜歡他們的詩，我會很高興，因為，真的，我可不想讓思想擱淺在岸邊。」

朋友告辭後，我開始感到疑惑，他所說的藝術到底是不是真實的，可以像我看到的杏花那樣美麗，像我聞到的歐瑞香那樣芬芳？如果是這樣，我會將這樣的詩歌列入我的閱讀書目並試著去理解，儘管我認為結果很可能並非如此。

真實的生活就像茶、麵包和奶油，是最有價值的食品——我們唯一不能離開的東西。

Chapter 4

華特・惠特曼

1

在我們這些最忙碌、最活躍、最急切的人的生活裡，總有那麼幾天或者某些時刻，會猛然意識到自身的堅強和孤立。這種意識有時讓我們震驚或顫抖，也許還會讓我們感受到某種莊嚴的神祕，其中似乎存在著某種無限廣闊、啟發靈感、充滿希望的誘惑。而我們的文明生活在很大程度上就是試圖逃避這種狀態，但這不是故意的，完全是出於本能。我們組織起來，形成了國家和民族、宗派和團體、家庭和公司，竭力以種種方式讓自己相信我們不是孤獨的；當我們步入愛情和友誼的神祕之地，我們會盡最大努力拉近關係，以說服自己我們是和諧一致的，而且覺得別人對我們的瞭解如同我們對他們的瞭解。但是，當這種願景逐漸淡去，我們開始意識到，尤其是在心情不好的時候，朋友、夥伴、同事之間的友好關係結束了，與我們的關係那麼密切、閃爍在我們目光裡、纏繞在我們心頭的激情也消失殆盡，湮沒在黑暗之中，此刻的我們即使活著，還有喘息，也已經逐漸在人海裡化為泡沫。於是人們明白了個體與群體之間幾乎不可能有什麼融合，人們藏在心裡的祕密至少仍有半數以上無法猜測、難以言宣。雖然我們能言善道，卻不能完全表達個性上的感覺。

即使我們自身具備有意識的、批判性的思考，但這種感覺在很大程度上往往轉眼即逝。舉個例子來說，有個人與自己的至交大吵一架，人們聽到他不斷地為自己辯解、對朋友抗議，但實際上，他本人根本沒搞清楚來龍去脈，不能理解、甚至不能察覺自己錯在哪裡；用這種方式來說的話，你或許便能領悟到，當局者迷的人很難認清事情的對錯；我們可能已經把自身醜陋的部分暴露無遺，卻毫不自覺；比如，我們或許曾傷害過某個人的心，但我們卻對此渾然不覺，因為我們並不是有意這麼做的，所以當我們意識到的時候，便免不了哭泣；又或者，我們意識到自己偶爾會對某個人表現出厭惡，卻給不出任何理由；或者說，我們意識到自己對另一個人表現出相同的冷漠態度；所以說，經過數百次這樣的經歷，我們最終明白了不可能有什麼真實的、自由的、毫無保留的交流。無論我們多麼急切地說出自己的想法，表現自己的氣質，可以肯定的是，總還是會有某種東西被隱藏在黑暗當中，這種東西就是我們不可言傳、不可與其他靈魂混合在一起的本我。

但話又說回來，所有人類靈魂都被賦予了表達的本能，例如作家、畫家、音樂家，他們總是在致力於發出信號、交流、展示自己，「用語言打開心扉」；然而，令人心神不安的尊嚴和虛榮心卻常常阻礙了他們的進程，致使他們的努力一無所獲。這種情況下，我們必須努力提出一個更好的論點或理由，而不是僅僅用事實加以證明。出於各種不同但絕對是好的動機，男人和女人會抑制、提升和改善自身的形象氣質，因為他們渴望得到別人的愛，並認為自己必須謹慎行事，才可以得到別人的尊重。這就像談戀愛的人，他們努力打扮自己，企圖盡可能給對方留下好印象，所有可能破壞對方興趣與同情心的行為舉止都要隱藏起來。這樣的事情常常出現在現實生活裡——我們都渴望活得真實，卻往往活得最不真實。

華特・惠特曼與我所認識的一些作家不同，他努力表現自己，並且基本上就是這麼做，很少有所保留，我們其他人很難做到這一點。

「我很清楚自己的自我中心主義，」惠特曼寫道，「我明白自己的詩就像是個大雜燴，而且這些大雜燴絕對只多不少。」藝術的任何失敗、任何規矩或任何矛盾都不會令惠特曼驚惶失措。

我自相矛盾嗎？

那好吧，我是自相矛盾的。但我遼闊博大，包羅萬象。按照我們對藝術的理解，惠特曼似乎沒有藝術良知。

「我的這首詩沒有透過常用語氣表達，而是直率的質問，跳得很遠卻又收得很近。」

惠特曼晚年曾寫過一篇非常奇特、有趣的散文，題目是〈旅行路上回首一瞥〉。在回顧自己的工作時，他承認自己還沒有獲得社會的認可，他的詩作是失敗的，還引發眾人的憤怒和蔑視；他不無幽默地引用一位朋友在一八八四年寫給他的一封信，信中有這樣一句話，「我發現對手們為我畫出了界線，而這道界線我隨處

惠特曼（Walt Whitman，1819—1892），美國詩人、散文家、新聞工作者及人文主義者。

都能看見。」然而，儘管如此，惠特曼卻不管不顧地說，他「完全是在以自己的方式說話，並準確記錄下他想表達的東西」。他說，這不過是「忠實的、任性的記錄」。

這就是惠特曼的風格，從來沒有離開過其特有的視野和範圍，令人驚奇，也值得尊敬！因為儘管他把自己的詩說成是「粗野的狂吼」，但他宏偉藍圖的完成靠的並不是自傲或者吹牛。我認為在他的詩裡沒有什麼能比恰到好處的幽默感和鎮定自如更引人注目。惠特曼本人對病態的或者自我意識的表達方式不感興趣；他根本無意證明自己是最優秀、最高尚、最偉大的詩人——那完全是另一回事。他只是想打破靈魂與靈魂之間的障礙，讓自我之河掀起波浪，翻滾起伏，洗滌人類腳下的草地。儘管他希望你能愛上他，但他並不要你去崇拜他；他不想讓別人以某種角度或借助柔和的燈光來看他。他將自己赤裸裸地投入到公眾的視野裡，任憑人們對他進行觀察或者評論。而所有這一切並不是因為他想當英雄或者聖人；他最自豪的頭銜是普通百姓，群眾當中的一員，有激情、也有弱點，醜陋甚至畸形。他就在那裡，就是這個樣子，你可以接受他，也可以離他而去；但是他不覺得這有什麼可恥，也不神經質，更不用說感到不安或者窘迫；他坦誠地笑著，和善地笑著；而突然間，你便察覺到其中的偉大之處！他既不是狂熱者，也不是缺乏教養的莽漢；他的表現不像是拳擊手或摔角員，他也沒有為了幾個維繫生活的便士，糾結、耐心地坐在那裡等著眾人施捨，就像集市裡的大胖子商人；他只是試圖把自己的想法和感受說出來。如果說他有什麼目的的話，那就是引導人們真實地活著，不必害羞。他向人們喊道，「只要你端出真實的自我，用不著假裝或偽飾，你設法維護的尊嚴終究是你的，無可置疑。」這不是善惡問題，也不是中性問題。每個人都有權利做自己力所能及的事，而且自有其理由和道理。這是華特．惠特曼的信條；也許這是一個糟糕的信條，或者醜惡的信條，或者不合禮節的信條，但也沒有人聲稱，這不是一個偉大的信條。

2

惠特曼探索出一項巨大的、富有成果的發現，然而幾乎沒有誰認為這算什麼發現；也許這至多只是一個鼓舞人心的學說，沒有相應的論據支持，整體上也沒有任何哲學性，這一發現就像是充滿自信的孩子大肆發表的聲明，但確是真實的，這個信條就是靈與肉不可分離的結合。儘管人們這麼說，然而，再明顯不過的事實是，這樣的結合不可避免地總會在死亡當中分解；可是另一方面，人們也看到了某些身體上所遭遇的災難，例如癱瘓、腦震盪、老年癡呆、精神錯亂等，靈魂狀態陷入昏昏欲睡的狀態，或者說除了主導情緒外，因為身體或精神上的病態，導致沒有能力表達其他的情感；人們看到的是，道德意識層面上的東西似乎因身體或心理的失調而凍結。儘管如此，從本質上講，這個信條大體上是真實的；靈魂的活力及其本身與以物質條件為基礎的表現力有著密切的關係。那些鑄成靈魂的元素或肉體，我們稱之為生命物質，除了其物質的表現形式外，個性還是生命力在傳遞的過程中所顯示的一種現象，就像在某種條件下我們能看到的電一樣；其實更可能的是，物質是一種思維功能；而最有可能的是，動物可以任意地對目標進行分解，根本不會有什麼物質與精神欲望對立的意識；隨著人類的進化，理智與欲望之間的對立和人類的想像力才開始浮現。人類逐漸意識到，意志和願望也許並不能保持一致；由此在中世紀形成了禁欲主義的概念。禁欲主義者認為，人的肉體本質上是骯髒邪惡的，並有可能使大腦產生卑鄙的邪念，所以需要有效地控制人的頭腦。這一觀念與封建時代政府的執政理論十分相似，因為根據這樣的理論，執政者的利益未必得和國民的利益一致。執政者從自身的利益出發來治理國家，一旦有需要，就會對國民採取壓制手段；而作為開明的政治家，其所執政的新政府理念並不是要把執政者與國家分離開來。一個國家的政府，如果採用的是民主制度，所體現的就是人民形成的意願，統治現象不過是各種民意的表達，而目的在於讓每一個個體擁有自己的優勢，最終的目標是在最大程度上讓個人的自由與社會保持和諧一致。

這就是華特．惠特曼信條的一種粗略類推；也就是說，個體、靈魂與肉體，是一個有組織的社會群體；真實的生活將會在身體與靈魂的默契中找到。其理由不是有權嘲笑或忽視肉體欲望——即使是最低劣、最卑鄙的欲望，因為每一種欲望，無論是精神欲望還是生理欲望，都是在表達生命本體的某種需求。例如性欲從其根本上分析，是一種本能，目的在於繁殖生命，又是生命力的傳遞和持續，我們沒有理由忽視或是譴責，而是應該將由性欲帶來的激情透過恰當的管道進行疏導；肉欲所引發的激情如果濫用，就預示了危險；但我們如果只是簡單地去阻止這種激情，認為這種激情的迸發是羞恥的、令人厭惡的事兒，或許會導致一場相互殘殺的戰爭。較好的辦法是透過靈魂的適當配合，讓肉體欲望高貴起來。但是其本質是合作而不是強制；需要各方願意做出妥協。假如肉體的欲望不能與理性妥協，因放縱激情而引起的災難就會接踵而至；理智不與身體欲望合作，其結果就會是枯燥乏味的理智主義（或者知性主義），這會導致饑渴羞怯的生活體驗。華特．惠特曼對這一觀點進行了挑釁，他把文明視為一種常規系統，至於生理過程，則培育出錯誤的羞恥感和卑賤的意念。但是惠特曼信條至關重要的真理在於這樣一個事實：即我們許多最為悲哀的災難是由一種羞怯的節制所造成的，而其中的大多數其實可以補救。人們往往對讓世界充滿活力的最強大繁殖力量保持緘默。惠特曼感覺到了，真的感覺到了，理性與情感已經超越了謹慎。也許有人會說，所有在人類當中的恐懼都是因為坦白而造成的，所以做父母的無法忍受向孩子們講述他們的性體驗，因為孩子們長大之後，也許會以某種相當激烈和卑怯的方式去瞭解和體驗這個過程。難道這種讓人猶豫不決、退避的解決問題的微妙方式不該受到我們的質疑嗎？保留這種所謂的神聖又有何意義呢？也許有人會說，闡述這個敏感問題需要慎重，成年人絕不能用一種粗俗的方式，誠實地、過早地與孩子交流這個敏感微妙的話題，保持沉默就可以了，否則後果會很難堪。但是如果將沉默這一可怕的態度轉移到道德範疇的其他方面，我們是否又該想想家長的境況呢？他們是那樣懼怕傷害孩子的情感，不敢指責孩子說謊或者偷竊，那麼，任憑孩子一無所知地走進社會，不是同樣應該受到斥責嗎？惠特曼認為，做父母的應該告訴孩子，「你的體內有一種力量，這種力量在很大程度上決定著你生活的幸福感；你需要保護、控制這種力量。你將來不太可能忽略或漠視這種力量，而且必須讓這種力量與你的頭腦、你的理性和你的責任協調一致。這種力量就存在於你的體內，絲毫不要有什麼羞恥感；它是世界上的主導力量。而該令人感到羞恥的是以可恥的方式利用這種力量。」然而，父母在處理這個問題時所抱持的態度，要嘛常常把性看作是神聖的，要嘛就是覺得無法開口，彷彿孩子自身的起源從本質上講，恰恰是件羞恥的事一般。

事實上，希臘人倒真的可以本能地意識到肉體與靈魂至關重要的互相依賴的關係；不過他們過分看重年輕人的健壯和俊美，欣賞那種容光煥發的外形，也過分把人的衰老和身體缺陷視為恥辱和身分低微。而惠特曼所展示的博大胸懷則是：無論身體遭受什麼災難，辛苦勞作或者經歷戰爭、患病或者犯罪，這些都是豐富而廣泛的生活體驗，並不會妨礙精神與肉體的統一和諧。這是惠特曼篤信人類之間存在著一種必要的兄弟關係的最有力證明，也就是說，那些令人感覺恐怖和悲慘的事在他看來似乎阻礙人道主義情懷的存在，因為同情心是出自本能，而不是需要做出真誠努力的事。這裡，惠特曼站在人類最偉大最美好的精神世界的一邊，因為沒有什麼能讓他感到震驚和畏懼。他也並沒有把人性看作是塵世中最好的東西，但是人性是他所熟悉的唯一世界；而且人性炙熱的興趣、澎湃的激情、活力四射的飛躍和湧動，毋庸置疑地證明了人類與某種燦爛輝煌的事物有所聯繫，任何罪行或災難都不能讓我們喪失這與生俱有的部分。他的觀點完全與醜惡的喀爾文理論背道而馳，因為喀爾文主義認為上帝把他創造的一些生靈發配到世界上，是為了讓他們感受痛苦和滅亡。惠特曼則說，無論你的身體或者靈魂出現了什麼情況，都值得你去生活，包括你現在的和過去的生活。我們沒有靈活應變的補償機制和抵消方法去補償或抵消我們曾經或正在面臨的恐怖和痛苦。就這一話題，惠特曼寧願使出渾身力量去爭辯：無論你的身體有什麼缺陷，頭腦有多麼愚昧，對你來說，可以活在當下，參與生活，就是一件好事；整體來說，生活的實質並不是指事業的成功、社會地位的尊貴、生活上的舒適；從另一方面來說，生活的實質也不是事業的失敗、社會地位的卑微，或者是絕望的境況。人的出生完全是一種自然現象，所不同的是出生的時間和地點。人是複雜的生物體，透過身體的需要和欲望、感官的樂趣，及對陌生世界的觀察和領悟，逐漸成形，成為確切的自己，而不是別人。正如惠特曼在他自己最好的一篇寓言裡所說：

「經歷出生，生活，死亡，葬禮，體驗了人生百味，一樣也不能省掉。」

「經歷憤怒，損失，野心，無知，倦怠，遭遇了人生之路的顛簸，無人例外。」

3

華特．惠特曼聲稱自己是個詩人，不是歌唱過去的詩人，也不是歌唱現在的詩人，而是歌唱未來的詩人。在前面的文章中我引用過他的詩〈回首一瞥〉，而且我認為，如果希望理解惠特曼的詩，至少像惠特曼本人理解自己的詩那樣，我們得先好好讀讀。惠特曼在詩中說，「任何等級、任何魅力，或任何財富所形成的獨立優勢——過去所有詩歌的直接線索和間接線索——在我看來都不符合共和主義的精神……我知道，那些已被人們認可的詩，在可以歌頌的成就、各種榮耀和珍藏在人們心中的回憶等方面，具有極大的優勢。」而且他還說，「雖然受過教育的人越來越多，現今的世界卻變得越來越令人厭倦，留給我們這個時代的只是在繼承所有的一切。」他進一步寫道：「古希臘和封建時代的詩人把英雄主義和高尚賦予他們筆下神一般的、出身高貴的人物，而我卻要賦予美國民主制度下的普通大眾。我要展示，就在這裡，就是現在，我們的人民完全有資格稱得上偉大卓越——比古代的任何時期都有資格。」

這是一個崇高的要求，從目前看來此一努力顯然取得了進展，並得到了擁護；而我覺得正是這一點靠不住，因為我不認為自己真的瞭解美國的民主精神。然而，假定美國式民主是一種自由、高尚的精神，真的是一切從頭開始，這種精神是否會在世界歷史的任何時間有可能適合任何國家，對此我表示懷疑。美國並不是一個新的國家；從某種意義上講，美國是一個很古老的國家。由於其具有的活力，這個國家已經開闢了全新、壯觀的領域，已經掃除了古老的習俗，但是美國卻不能擺脫其性格的遺傳；根據我的判斷，我認為過於強調美國的反叛觀念和全新生活意識還為時過早。如果惠特曼沒有覺得自己受到束縛和阻礙，他本人就不用如此急著宣布對舊有事物的厭惡。某種情緒一旦如潮湧現，可以肯定此時發言者的眼睛裡就會出現對手。愛丁堡大學教授布萊基在一次長篇演講中，猛烈地向時任牛津大學貝列爾學院院長的喬伊特發出質問，抨擊英國老式大學的古板。在演講快要結束時，布萊基教授寬宏大量地說，「我希望你們牛津大學的人不要以為我們是你們的敵人。」「不會的，」敏銳的喬伊特冷冰冰地說，「說實話，我們根本不會考慮你說了什麼！」一個人，只要他真的勇於開創，沉著冷靜，確信自己的力量，就不會像布萊基教授那樣關注自己前輩的態度。也許，真的，美國的民主精神可能正在悄悄地為自己強大的力量而感到得意，只是在等待合適的時機把這種精神說出來。但是我不認為美國已經找到了準確的表達機會和方式。在我看來——但願是我錯了——就文化事態而言，美國人比英國人更認真，也更熱心於瞭解過去人們所取得的成就。英國人把過去的文化發展視為理所當然的事情；他們很有可能更深切、更直接地受到其傳統的穿透，這種穿透的程度也許連他們自己也未察覺；自從十八世紀末浪漫主義運動在英國興起一直到現在，整體趨勢就是無政府主義和反古典。例如華茲華斯、勃朗寧、卡萊爾、羅斯金這樣的作家，他們很少表現出遵從的意願。他們甚至不肯費神維護他們自己的獨立性；他們怎麼想就怎麼說，想到哪裡就說到哪裡。但是美國的文學精神在我看來基本上不是一種民主精神。除了華特·惠特曼之外，美國文學沒有顯示出任何想要創造新形式或者發布新思想的強烈傾向，也沒有逃離出來，開始進行初步的、全新的、未成熟的文學實驗。美國人的做法頗有些像當年的羅馬人。羅馬人就是急切地採用和模仿希臘人的模式，對希臘文學形式非常欣賞，但是並未理解希臘文學的精神。文學藝術中的反叛，例如英國的浪漫主義運動，沒有時間關心古老的形式和傳統。像華茲華斯、濟慈、雪萊、拜倫、瓦爾特・司各特這樣一些作家，並不在意過去的古典流派是如何工作的，他們要為自己說的話太多了。他們把過去發生的事當作礦場，而不是當作典範。但是美國的一些著名作家並沒有創造出新的形式，或者發明出英語的不同用法；他們拓展傳統，使傳統更加清新，並不是把傳統拋棄。如果我對事實的闡述正確，我認為他們也沒有開發出一種新型的上層社會。惠特曼對民主的談論與主題無關。提升和降低的過程只能產生低標準。世界所需要的是一種新類型的貴族，無論是在英國還是在美國——新型貴族應該是簡樸、公正、廉潔、勇敢、有同情心和熱心的人，具有清晰的願景和自由的思想。而民主政治所需要的，不是對所有的卓越和偉大表現出妒忌的反感，而是對所有偉大事務的喜愛，對靈魂所擁有的勇氣、大度的欽佩。英格蘭懷疑（也許並不正確），美國已經建立起富裕的、頗具影響力的、體魄健壯的貴族統治，而不是一種樸素和無畏的貴族統治。人們相信，競爭精神，即努力奪獎的精神，在美國比在英國更占優勢。沒有人懷疑美國強烈的能量和自信；但是，是否可以說這種觀念（其存在是對民族活力的極限試驗）在美國真的比在英國更流行？當然了，所有這些要取決於你是否將希臘人和羅馬人理想的價值觀看得更重，即他們的生活興趣，或者他們的統治欲望和追求成功的欲望是否更符合貴族的標準。如果文明的目標是秩序，那麼羅馬人的目標要好些；但如果文明的目標是精神激勵，希臘人則是贏家。儘管美國要比英國更重視教育的發展，但在上個世紀，英國人在思想觀念領域所取得的成果遠遠超過美國人，儘管美國要比英國更重視教育的發展。

不過，要想平衡這些東西並非易事。尚待解決的問題還在於這樣一個事實，即惠特曼已經畫出一個相當不錯的民主主義理想。他認定的民主主義者實質上是一個工作者，擁有各種活力的衝動，以健康和同志情誼所帶來的狂喜狀態活得有滋有味，這樣的民主主義者並不在乎錢財多少、影響力多大、社會地位的高低，他滿足於過著簡單的生活，尋找美、希望、愛，對了，還有勞動。在威廉·莫里斯偉大格言的精神裡，勞動的報酬就是生活——不是成功、權力或財富，而是擁有充實自由的生活。

我不認為這種精神還存在於英國；可是存在於美國嗎？那麼，實際上是什麼構成了美國大眾的靈感呢？美國人期待在生活中找到的是什麼？他們期待的生活是什麼樣？惠特曼沒有一點兒懷疑。而在其他美國作家的筆下，這一理想是否又得到了充分的表達？

4

關於華特．惠特曼的藝術方法，我仍然需要再多說幾句。他本人聲稱他沒有藝術標準——不管什麼樣的標準。他說，他希望營造出一種氛圍；其中一個目標是希望引起讀者的聯想。「如果有的話，那就是讀者總會有自己的職責要承擔，就像我也有自己的職責一樣。」

惠特曼說，他的目的是「不能以規定的風格和方式選擇情節，幸運的、悲慘的、相像的、思想的、事變的、恩惠的——所有這些情節已經不可抵擋、很好地完成了，也許永遠不會有人超過……但是要與現實生活一致，符合經過科學論證的宇宙理論，並以此為基礎，自此之後，任何事物就有了無可辯駁的唯一基礎，其中包括詩句——將影響根植於現代的情感表現和想像力表現，控制所有在此之前或與此對立的東西」。他補充說道，「倘若堅持把我的詩看作文學表現，或者試圖解釋這樣的表現，或者主要目標是尋求藝術或唯美主義，就不會有人理解我的詩了。」

當然，毫無疑問，沒有哪個作家情願自己被藝術傳統所束縛，而且沒有人需要考慮以前的事是如何完成的，遵循的是什麼樣的規定代碼。儘管如此，藝術可不是能被評論家制定並強制執行的規矩所約束的東西。評論家所能做的一切，就是確定藝術的規律是什麼；因為藝術肯定有自身的規律，就像萬有引力定律，儘管其中還有許多不被人知的奧祕。藝術越是永恆，就越需要符合這些定律；因為事實是這樣的，在人類心靈裡存在著表達美的活力，也存在著對表達方式和方法的識別力。例如建築和音樂，兩者同樣都依賴於人類本能的偏好，建築要考慮幾何形狀，而音樂講究振動的組合。再比如說，人類比較喜歡在絕對同音選擇八度音階，而不允許一個音符的八度音階為半音調號。這就是音樂的規律。這條規律可不是評論家發明出來的規則；這是根據人類感知與偏好所形成的一個規律。與此相似，儘管詩歌的規律更為複雜一些，而且尚未得到很好的解析，但詩歌規律自然也是由人類偏好所確立的。新詩人並不是打破規律的人，而是規律真實發展的發現者。

所以，大致說來，問題是這樣的：惠特曼選擇了一種詩歌形式來表達自己，所採用的很可能是希伯來人的詩體，例如舊約聖經中的詩篇和先知書。假如真的能在美學方面發展詩歌的定律，那就是個成功的嘗試；如果不能，只是一種任性的變體，而且不符合詩歌的規律，那很顯然這就是個失敗。

現在我相信，惠特曼詩歌的許多效果並不符合詩歌的規律。不用舉更多例子，他怪異的自創詞彙就很能說明問題。他使用希臘語、拉丁語和法語的一些詞彙，但運用得卻不正確，甚至拼寫也有錯誤；他詩歌裡連續不斷的重複、清單、目錄、分類，直觀上，我們看不清楚究竟是什麼，甚至是些遙不可知的東西，就像庫房裡的雜物那樣，庫房門一開，便無序地衝了出來。所有這些都是醜陋的怪癖，簡直就是在玷污和阻塞頁面。問題不在於這些做法是否冒犯了評論家或者有教養人的頭腦，

而是這樣的詩是否對任何人的頭腦產生了激勵作用。

還有，他詩歌的形式時常也是一片混亂，似乎在他的頭腦裡並沒有思考出某種固定的模式。他的許多詩開頭部分表達得還算充分，可是突然就破裂成碎片，彷彿他只是厭倦了這麼寫下去。

另外，在我看來，一些相當粗俗、污穢、使人不愉快的詩篇，並不具有無情的現實主義精神，卻充滿了乏味的好奇；這樣的詩歌所提供的不是對照或者強調。它們簡直是在說謊，就像堆放在房間裡的贓物，而這些房間卻是用來供人居住的。假如有人堅持，藝術可以運用任何素材，那我只能回過頭來說說我的信念。我倒認為，這樣的詩歌本能地令人厭惡，很難被人接受，也不會產生什麼藝術感，就像圖書館裡堆積的乳酪發出了刺鼻的臭味！沒有什麼道德法律或倫理法則能禁止這樣的做法；但是人類的審美良知卻會本能地對此進行譴責。當我查看那些曾激勵並吸引人類頭腦的文學作品時，無論是受過訓練的、還是沒受過訓練的，我發現這些作品的作者都能避免闖入污穢之地；我傾向於推斷，引入這樣情節的作家和喜歡這樣情節的讀者，他們希望受到別樣的刺激，產生別樣的衝動，既不是什麼美感，也不是什麼藝術。但是假如惠特曼或者別的作家能夠讓世界發生轉變，稱這樣的東西為藝術，並當作藝術品加以欣賞，那就可以證明他比我更能理解選擇法則。

儘管所有這些都已表述出來，也得到了承認和容許，但仍有許多詩篇表達出真與美，精緻的生活，令人難以忘懷的場景，完美的魅力。他關於朋友之情和野外的詩，以及他描繪的家庭生活畫面，經常讓人的激情魔術般地震顫起來，處在狂喜和未得到滿足的狀態，讓讀者相信世界背後隱含著一些未知的祕密，並希望經歷類似的體驗。

如果讓我在惠特曼的詩裡選一篇最具代表性的作品，那我就選《海流集》裡的〈從永遠的搖籃裡〉——多麼光輝燦爛的詩篇啊！我可以告訴你，我每次都是懷著深厚的情感來讀這首詩的；正是在這首詩裡，惠特曼充分證明了自己對藝術氛圍和對詩的啟發，把握得恰到好處；築巢的小鳥、海邊，以及大海「清澈的邊際和濕漉漉的沙子」——多麼神奇的詩句！——在低垂暗黃的月亮下面，碎石機發出憤怒的抱怨，男孩把腳伸進海水裡，風吹亂了他的頭髮——所有這一切真的是無可挑剔。

鳥啊，抑或精靈！（孩子的靈魂說）
你是在對你的伴侶歌唱嗎？還是在對我歌唱？
因為我，一個孩童，我舌頭的功能尚在沉睡，但現在我卻聽懂了你的歌，
剎那間我明白了生之意義，我醒了，
於是有了一千名歌手，一千首歌，
比你的更清亮、更高亢也更憂愁，
一千種悠揚的回聲已在我心裡活了起來，且永遠不會沉沒。

接著，他向海浪呼喊，讓海浪告訴他，波動的潮水到底在訴說些什麼。

大海朝這裡回答，
不遲延，也不匆促，
整夜向我低語，黎明前十分清晰
低語地向我談著死這個美妙的詞。

死這一主題，會被人們銘記，在林肯的詩〈當紫丁香最近在庭院開放的時候〉以及〈死亡之歌〉中，都得到了更充分的闡述。太長了，我就不在這裡引用——甚至把這些優美的詩句刻印下來也是件令人愉快的事——這在我看來，其壯麗的語言、美妙的旋律和莊嚴的節拍，更不用說其宏大的思想，都讓它們無可置疑地躋身於世界偉大詩歌的行列。

如果惠特曼總能寫出這樣的詩該有多好啊！那樣他幾乎就不需要去說什麼，最有力量、最甜美的詩歌仍有待於人們詠唱出來；但是這樣的東西，以及詩歌的許多其他珍品，在於他奇特的詩行那渾濁起伏的激流當中光芒四射的片段；由此人們可以看出，假如真的有什麼藝術規律可言的話，那就是緊貼於抑制和省略的本能。你可以想像任何事情，你可以說你最想說的，但是假如你打算透過某種語言天賦去影響人們的心靈，你就必須留心什麼樣的經歷能讓有抱負的人嶄露頭角——僅有炙熱的思想或者豐富的表達方式，還不足以彌補古希臘七弦豎琴所發出的和諧之音和無法用語言表達的音樂。

不可能有什麼真實的、自由的、毫無保留的交流。無論我們多麼急切地說出自己的想法，表現自己的氣質，可以肯定的是，總還是會有某種東西被隱藏在黑暗當中，這種東西就是我們不可言傳、不可與其他靈魂混合在一起的本我。

Chapter5

魅力

劍橋附近有一個小村莊叫哈斯林格菲爾德，這個村名聽起來就讓人覺得親切溫暖。整個村莊布局不拘一格，多數房屋是白牆，以稻草蓋頂，房前屋後有些果園和老榆樹叢，到處都是大片的草地和圍場，裡面是一個個草垛和大木頭建造的穀倉。村子裡矗立著一座堅固的教堂，是都鐸式建築，塔樓加上四個堅實的角樓，看起來非常壯觀；這裡的領主宅邸同樣沉澱著滄桑而濃重的歷史感，遺憾的是現在只遺留下來一座配樓，還有用磚砌得高高的煙囪。配樓下面是一些古色古香的老牆，一個大鴿子房，一排歷史久遠的魚池。伊莉莎白女王曾在這座配樓裡住過一夜。緊靠村後的一片低窪荒地，空曠而安靜，一兩排樹木傾斜地向上生長著。

這是能被想像到的最純樸、最安靜的地方，地處偏僻，生活簡單，住在這裡，你幾乎意識不到自己的存在，歲月平靜地流過；這個小村莊，透過某種幸福的組織和聚集，具有罕見的、無與倫比的天賦魅力。對此我分析不了，也解釋不了。不管何時，也不論從什麼角度看，無論是鮮花盛開、果香四溢、微風習習、布穀鳥在小樹林裡鳴唱的夏季；還是在花謝葉落、白雪皚皚、炊煙裊裊的冬季，暗淡的落日透過雲霧照耀著光禿禿的山地，這裡都有著奇妙的美的感染力，這種品質可不是策劃或者設計出來的，一切都是上天所安排，但又是那麼合理，很少有需要改動的地方。整個村莊的建成完全從滿足村民需求和生活便利的角度出發。成排的樹木是為了遮蔭，果樹的種植是為了自產水果，房屋的建造是為了居住方便；只有在教堂和領主的宅邸，你才能見到適當講究的布局，以表示其家族的莊嚴地位。這個小村莊周圍還有十幾個村莊，它們的存在出於相同的需要，有著與這個村莊相同的歷史；然而這些村莊卻缺少了哈斯林格菲爾德被人忽視的魅力，這種魅力不完全是人類設計出來的，也不僅僅是大自然巧奪天工的結果，它是人類與自然和諧共生的典範，這種和諧可以讓人在瞬間感受到，產生出異常奇特的效果。

這一魅力的部分原因產生於微妙的秩序和簡單舒適性的糅合，部分基於以某種未確定的比例將精美和感傷的因素混雜。它似乎將未知的記憶轉移到了生活裡，並暗示著某種既古怪又微妙、充滿憂慮情緒的工作狀態，你可以在這樣美妙的環境裡沉思自己的工作，在這裡改變一點形狀，在那裡添上一抹色彩，等到一切就緒，便高興地看著，啊，這樣真的很好。

如果你仔細觀察生活，你就能在人性裡看到相同的品質，無論是男人還是女人，無論是在書上還是在畫裡，你說不清這些品質形成的必要因素是些什麼。這其中似乎沒有什麼奧祕能讓你捕捉得到，可這種奧祕會不時地出現在這裡或那裡，就像隨意颳來的風。它們不是控制，不是獨創，也不是發明；很奇怪的是，它們常常缺乏任何一種好支配人的特性；但是它們總是具備相同的、使人戀戀不捨的吸引力，讓人渴望去理解它們、擁有它們、為它們服務，並贏得它們的青睞。在法蘭西斯・湯普森的詩裡，有個孩子似乎在說，「我要你，沒有理由。」說的就是這樣的感覺。這話說得很精確：某種狀態裡並不存在什麼可以提供或給予的東西，但是人們卻像被施了魔法一樣，想要為它服務，為了愛或者為了快樂。我們期待能從中得

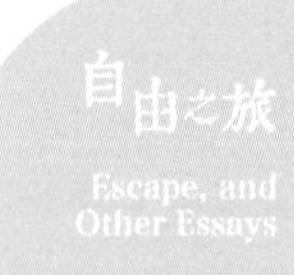

到的東西其實並不存在，然而這種東西卻深深地被人的靈魂所接受；它就存在於使人瘋狂的欲望背後，興奮的面孔、狂舞的雙手、顫抖的嗓音、激動的笑容，在在呈現出擁有的欲望，占有的欲望，求知的欲望，即使知道沒有別人能夠擁有或提出要求。人類生活因嫉妒而產生的悲劇，其根源多半就是這些東西。

某些名人具有非凡的個人魅力。你在瀏覽過去的生活記錄時，一旦發現某些人在自己所處的圈子裡有著令人費解的掌控力，一輩子生活在暴風雨般的掌聲中，受到許許多多人的崇拜，你或許就能相信魅力真的是一種很神祕的東西。

拿亞瑟．哈勒姆來說吧（丁尼生曾在組詩〈悼念〉裡對這位摯友的早逝進行過追思）。我記得，格萊斯頓先生在談到亞瑟．哈勒姆時眉飛色舞、兩眼放光，有力地打著手勢，以示強調。他認為，無論是在身材、品德還是智力方面，哈勒姆是他見過或者希望見到的最完美的人。我記得，他當時笑著說：「米爾恩斯．加斯克爾與哈勒姆的友情故事真的很有意思。要知道，那時候的人們很容易墜入愛河；哈勒姆與加斯克爾同時喜歡上了E小姐。但是為了友情，加斯克爾放棄了對E小姐的追求，把她讓給了哈勒姆。」

然而，掛在伊頓公學教務長房間的哈勒姆肖像，所呈現的卻是一位面色紅潤、身體結實、表情愉快的年輕人，相貌並不那麼讓人敬仰——格萊斯頓先生說這是裝飾過度造成的，這讓哈勒姆看起來不像是個聰明的天使，倒像是歌劇舞台上年輕的鄉巴佬。

更奇怪的是，哈勒姆留下的信札、詩稿以及其他遺物，並沒有展現出他所說的令人神魂顛倒的東西：它們是浮誇的，精心製作的，完全沒有什麼意思；而他似乎也並不那麼和藹可親。達德利勳爵告訴法蘭西斯·黑爾，他曾在義大利與哈勒姆的父親（一位歷史學家）一起吃過飯，哈勒姆當時也在場作陪。哈勒姆的父親說，「坐在一旁無動於衷，聽著兒子如何斥責父親，真讓我高興，這讓我想起了父親是如何經常無情地斥責我。」

那幅肖像上，哈勒姆烏黑的眼睛和似乎在動的嘴唇顯露出些許美的跡象，你不需要引用組詩〈悼念〉來證明哈勒姆的魅力是如何征服了丁尼生及其圈子裡的人。機智，思維敏捷，可愛——所有這一切特徵都顯示在肖像上；而且就是這個樣子，亞瑟·哈勒姆受到了同時代人強烈又有些嫉妒的崇拜和愛慕。顯然只有當一個人有著征服性的人格魅力，才能夠解釋他為何受到人們不約而同的讚美；哈勒姆遺留下來的信件和詩稿，似乎並沒有什麼承諾或者自詡的成就，但是我們完全可以從他朋友的評價中找到很好的證據表明，哈勒姆確實是一位天才。

早期還有一個人似乎也有著相同的磁性魅力，程度甚至有過之而不及，這個人就是梅爾本子爵。在勞倫斯為梅爾本畫的肖像裡，顯然給了我們一點暗示，肖像裡的他散發著非凡的魅力：濃密的鬈髮，精緻的鼻子，飽滿有型的嘴唇，真的非常有吸引力。儘管濃眉之下的那雙又黑又大的眼睛同時流露出感傷、熱情、諷刺和悲哀的情緒，但同時卻能喚起我們一種異常的感覺：人類所擁有的每一種能使自己處於優勢地位的天賦才能，都在梅爾本子爵身上展現出來。他出身名門，富有，能幹，充滿幽默感；他能很快掌握一門學科，是一個無所不讀不知的讀者和學生；一位著名的運動員。他贏得了男人和女人的愛戴。他與美麗可愛的才女卡洛琳·龐森比的婚姻，也表明他是如何善於博取女人的芳心，因為龐森比曾因迷戀拜倫未成而傷心欲絕，心智受損。在那段時期，還沒有哪個人物可以讓人們喜歡到擁有他個人回憶錄的地步。然而，儘管他獲得了如此的聲譽和很高的政治威望，他卻是一個不開心、不滿足的人；他體驗了各種生活樂趣，到頭來卻發現一切都是浮雲。

梅爾本保留下來的格言表明了他的搖擺性，他時而憤世嫉俗，時而精明過人，時而充滿智慧，時而和藹可親。當內閣成員飯後走下樓梯討論「穀物法」時，他說，「停一下。麵包的價格降還是不降，這沒有什麼太大的關係吧，但是我們的意見必須一致。」然而，還是維多利亞女王的信件和日記洩漏了梅爾本魅力的真實祕密。梅爾本與年輕女王的關係是近代史上最美妙的事件之一。梅爾本對女王的愛像是一位父親，也像是一位騎士，而女王顯然也十分喜愛她勇敢的、有魅力的首相，在與梅爾本相處的過程中，並沒有顧及自己尊貴的地位。梅爾本以幽默的方式遷就女王，為女王出謀畫策，關心照顧她；反過來，女王極度崇拜梅爾本，記錄梅爾本說過的隻字片語，允許梅爾本不拘禮節地表現和言談。她充滿深情地記錄下梅爾本的許多趣事和古怪行為——梅爾本如何在飯後睡著了，如何總是拿起兩個蘋果，吃著一個，把另一個放在膝蓋下藏起來。

「我問過他，接下來是不是會把另一個蘋果也吃了。他否認了，並且說道，『我只是喜歡這麼做。』我提醒他，如果把蘋果放在盤子裡或者桌子上，他就沒有權利這麼做了。他大笑起來說道，『那不是充分的權利。』」

梅爾本的頭腦中也充滿了各種偏見、怪念頭和怨恨，但他又是那樣的雍容大度，總是能找到合適的詞語來形容自己的敵人。他曾為亨利八世的荒唐行為請求女王的寬恕。他說，「你看，那些女人夠讓他心煩的了。」（亨利八世先後有過六個妻子。）當他的首相位置被皮爾所取代時，他勸說女王改變對自己新任首相的反感，並盡最大努力幫助皮爾樹立讓人喜歡的形象。皮爾第一次在溫莎堡亮相時，十分害羞，舉止有些笨拙，拘謹得像是一位舞蹈教師，正是梅爾本打破了這種尷尬的場面。他走向皮爾，低聲說道，「看在上帝的分上，快去跟女王說幾句話！」梅爾本寫給女王的信都被保存得很好，並裝訂成冊，配有華麗的封面。在我獲得特權讀這些信件時，信中字裡行間蘊藏的甜美、親切、平緩而不失幽默的味道，微妙的自白，甚至他們相互交換的禮物和紀念品的細節描述，都讓我深受感染。

梅爾本幾乎不能被稱作是個非常偉大的人——他的意志和韌性還不足以使他成為偉大的人，而且他對人的本性，態度是矛盾的：既過於輕視，又過於寬容。但是在我所知道的歷史人物當中，還沒有誰像他那樣渾身散發著不可抗拒的人格魅力。

他所做的每一件事、所說的每一句話，都是那樣與眾不同，非同一般：敏銳的觀察，成熟的智慧，所有這一切，再加上那種被寵壞了的、又很迷人的任性孩子氣所帶來的吸引力。然而，即使是這樣，人們還是覺得很困惑，因為他所說的話並不深奧或者莊嚴，卻總能給人留下深刻的印象。其實，正是因為他總能針對某個想法或某個句子說出自己的意思，微妙而且不可思議，才使得他根據生活所做出的最簡單的推論，最明智的判斷，看起來似乎都更為新鮮、更為有趣。儘管許多精明的人也曾說過相同的話，卻都說得那麼嚴厲、那麼生硬。

雖說最美好的事情往往都是孩子們做出來的，他們天真，不受各種規矩約束，但這並不是說魅力就該隨心所欲，反覆無常。有些人所具有的吸引力似乎有著某種令人感傷的美，甚至無助的可憐相，在這些人中，我認為紅衣主教紐曼是最突出的一位。紐曼似乎總是覺得詫異，自己怎麼會受到那麼多人的關注，甚至超出了他作為主教應承擔的責任。他是一個浪漫的、柔情似水的人，遇到讓他動情的事，很容易就掉下眼淚。當他在利特莫爾與自己的空房間告別，親吻著門柱和床時，我們對他強烈的感情就有了更深的瞭解。

這並不是說，只有沉著冷靜、自制力強的人才會對別人具有吸引力；恰恰相反。正是有些人本能地信任和依賴他人的舉止，才會輕而易舉地獲得人們關愛的感情，而且他們能夠將這種本能與迷人的遊戲態度結合在一起，所以這樣的人反倒更具有吸引力。很有可能，這一類型的魅力包含著深層的性衝動，無論這樣的感覺多麼微弱、多麼無意識。孩子往往會向大人提出訴求，認為這是他們的權利，並以相當淘氣的方式加以運用——就像小貓小狗故意裝出生氣的樣子。而且如果訴求得到允諾，孩子就會幸福地歡喜雀躍起來；可是一旦希望落空，孩子就會淚眼汪汪地要求家長給予相應的補償。對身為紅衣主教的紐曼來說，我們這樣的比擬似乎有些不太尊重他。不過，紐曼首先是個藝術家，成為神學家是後來的事；他需要安慰，需要認可，甚至需要掌聲；他不僅喚起了朋友對他的愛和崇拜，同時也喚起了大家的同情心，並得到了他們騎士般的保護。從邏輯性和知識性來看，他寫的東西並沒有多大力量；他著作的力量在於文中所蘊藏的不可言喻的、芳香的魅力，有秩序的優雅和無限的痛苦。

希臘語中用來表示這種微妙美感的詞是xapic，而希臘人願意傾聽這個主題，因為就像世界上已存在的其他民族一樣，他們更容易被這種美感所打動；希臘人高度評價這種美感，尋求、崇拜這種美感。這個詞本身在譯成另一種語言時，就像許多大詞一樣，語義往往會稍微失真，因為任何語言裡的大詞、終極的詞總有一些言外之意的概念，而這些概念不可能精確地用另一種語言的某個詞表達出來。讓我們暫時運用語言學適度地說明一下。xapic這個詞在希臘語裡是一個名詞性實詞，其動詞是xaipw，意思是「欣喜」或「高興」。我們把這個詞譯成英語的grace（優雅），除了其神學的含義外，它的語義非常豐富，意思是指一種天賦的魅力和美，一種在本質上與生俱有的才能，不可能花點心思就能獲取的東西。當我們說某件事情做得很完美，所指的是這種完美似乎讓人覺得整個過程無比愉快、恰當、適宜、美麗，我們所有的感官都會愉悅起來。我們計畫完成的事情進展得如此順利，似乎一切都是理所當然、簡單容易、規矩有利、親切和藹、舒適愉快；胸有成竹卻不張狂，公平正直但不死板、不近人情。看到事情如此完成，且不說是什麼事情，都會讓我們產生一種欲望，羨慕也好，嫉妒也罷，我們希望自己也能以相同的方式順風順水；這樣的美感讓我們覺得，那些值得我們去做的事情似乎並不難達成，我們在實現的過程中不必費盡九牛二虎之力；從道德教益這個層面看，這正是美的魅力所在，而其所樹立的榜樣是很有感染力的。但是當我們笨拙地把這個詞譯成英語的「grace」時，我們便失去了這個詞的根本概念，也就失去了這個詞所具有的某種快樂的含義。依照xapic本來的詞義，做事的過程應該是愉快的、自然的、熱情的、發自內心、有著豐富想像力的；透過這一過程所獲得的成果對普通人可以產生極強的感染力，因為這種做事的方式是在激發我們美麗和快樂天性的自然萌發，就像清澈的泉水從鋪滿晶瑩沙底的池子裡冒出來一樣。我們所行所言都出自平靜的快樂，而非出自於所謂的責任感，或者是被迫地服從某種主義而採取的行為。拋開特定的事情不談，整個過程讓人們心懷美好、充滿愉悅，可以讓我們經歷一次幸福的體驗。於是這個詞成為基督徒生活的根本觀念；上帝的恩典是一種力量，在與沒有規矩、充滿疑慮的世界開始發生衝突之前，整個早期的福音布道就充滿了這種力量——寧靜安詳、沒有心計的生活，日子過得簡樸純真，依據的不是冷酷的禁欲主義原則，而是因為這樣的生活非常美好。這樣的方式象徵著充滿樂趣的生活，與生活中的憂慮、渴望和野心截然不同；分享快樂，捐出多餘的物品，相親相愛；在世界萬物中，比如鮮花、動物、孩子、尋求生活的樂趣，都是非常美好的，這樣我們的心靈才能避免被世界上的爭鬥、貪婪和憎恨所蒙蔽或玷污。人們最初接觸到的福音故事，其精美品質源自這樣一個事實，即所有的一切皆起因於歡喜之心、充實生活真實價值的確定性，與生活當中的醜陋現象鬥爭的決心。根本的意思就是要求人們不索取，心甘情願地過著簡樸又甜美的生活。除了最純真的幸福權利之外，不勉強求取任何東西——比如朋友圈裡可以透過相互敬重而獲得快樂，這樣一來個人欲望的犧牲便是世界上最容易最自然的事情，因為這樣的犧牲既能得到最好的回報，也是愛的最高層級。正是在這裡存在著原始基督教的力量，正是在這裡人們才擁有了某種快樂的祕密，這樣的快樂可以把所有普通的事物，甚至憂傷和苦難，變成金子。而如果一個人能夠享受磨難所帶來的喜悅，他就會走上正途，不會受到傷害。

追溯偉大又崇高的思想是如何衰落的並不是件愉快的事；但人們可以從中窺見「恩典」是如何在清教徒祖先手裡被顛倒過來，那個時候「恩典」變成一種爭鬥，不是透過親切之心耐心地贏取上帝的敵人，而是擦亮神聖之劍的鋒芒，授權給忠實的基督徒，讓他們去砍下亞瑪力人的屁股和大腿；於是乎，曾經象徵著完美和平與誘人魅力的聖劍變成了迫害的象徵，鮮花盛開在痛苦的慘叫聲中和流淌的血泊裡。

我們必須花費很長的時間，才能從那個遺留下來的陰影裡爬出來；但是許多跡象表明，世界上有一種正在覺醒的兄弟般的關係。也許有那麼一天，我們能找回長期被粗暴對待的古老真理，即所有宗教的本質是審美精神和快樂精神的協調統一，是專心付出而不是索取，所以我們最後也許能領悟到這樣的感覺，富有成效的道德力量並不體現在恐嚇、禁止和強制上，而體現在善意和忍讓上，體現在對責難和處罰的反感，對所有慷慨大方、有武士風度和高尚生活方式的欣喜接受上。

因此，我所說的魅力不僅僅是一種表面上的典雅，表面上的典雅透過某種行為準則是可以學會的，就像一個人可以培養自己良好的行為舉止一樣。我認為魅力就像鮮花，是美好生活態度的一種綻放；它懷著歡迎所有美好的、新鮮的、沒有污點事物的熱忱；讓你不會以一種不贊成的目光或者自以為是的態度去躲避不可愛的、暴力的、貪婪的事物，而是自然的對這些充滿負能量的東西產生一種羞恥感或者恥辱感，覺得這個世界怎麼會有如此殘酷、貪婪和骯髒的事情！所以對此感到震驚的人是值得我們尊敬的。假如我們以阿西西的聖方濟（又稱五傷方濟，他畢生善度神貧生活、服務他人。他愛與花草鳥獸交談，並視所有受造物為兄弟姊妹）這個人物做例子，我們就會看出他緊緊地掌控著這種祕密。儘管其中摻雜著各式各樣的迷信和狂熱的崇拜，有關聖方濟的記載還是真實地反映並復原了古老基督教的生活樂趣。他熱愛大自然、熱愛動物、熱愛花草、熱愛孩子；他以自己的方式高聲歌頌地球上所有美好的東西，他在頌揚「我們的沃特姊妹，因為她能極大地幫助我們，謙遜而且聖潔」時，能顯示出一種難以抑制、自然流淌出來的喜悅。他勇氣十足，敢於做大多數人從來不敢去做的事情，那就是徹底清除自己的財產及其可能引起的糾紛；但即使這樣，古老的傳說也把聖方濟的一些做法曲解成一種自負的願望，說他就是想一本正經地樹立一個好榜樣，藉機警告、指責和引導信徒。但是聖方濟的禁欲主義是唯一類型的禁欲主義，有其獨特的魅力，是一種自我節制，也就是說，是發源於快樂感覺的禁欲主義，是依據對美的感覺而實踐的禁欲主義，不存在那種羞怯的、焦慮的算計。不可否認，中世紀的人們認為肉體在本質上是污穢、卑劣的，而這樣的觀念同樣困擾著聖方濟，給他以強烈的刺激，就像夜魔纏身。但是除去這一點，人們還在他身上看到了詩人的風範，認為他是一個具有不可言喻魅力的人。

聖方濟覺得，與罪人為伴和與聖人為伴一樣吸引人，道理很簡單，罪人常常也有足夠好的表現意圖和謙卑，而且用不著醜陋地裝出偽善的樣子，博取別人的尊重，因為在所有事情中，偽裝最強烈地破壞了均衡感，最大程度地脫離了自然歡樂。聖方濟不僅感覺到並接受了人性，識別出了拒絕成功的失敗也具有美感，他的理由是，有意識的失敗能使人知恩圖報，充滿深情，而成功卻常常使人冷酷和無情。

由此說來，聖方濟所做和所說的一切都散發著美妙的芳香，儘管他得痛苦地接受一些愚蠢、浮誇的追隨者的考驗，因為追隨者們常常誤解或歪曲他，並把他所謂的靈魂深處的祕密置於光天化日之下。在聖徒的名單裡，很少有誰能像聖方濟的個人魅力這樣美麗、感人，因為他已經臻於完美，保持孩子般對這個世界的新鮮感和信賴感，正是他所有魅力的祕密所在。

魅力當然不能等同於美，只是美的一個組成部分。大自然和文學藝術作品中都存在著許許多多壯觀的事物，從阿爾卑斯山的馬特洪峰到力士參孫，但是它們並沒有魅力，卻能喚起人們一種不同的感歎，令人崇敬、無比宏偉、望而生畏，這種壯觀的存在很難讓我們感到安逸；而魅力卻不同，它從本質上講具有一種令人感到寬慰的氣息，是需要人們用心去採集和感受的東西，如果說關於魅力有什麼神祕的話，就像所有美麗事物都有其神祕之處，人們會情不自禁地想去瞭解其中的奧祕。魅力的品質會使人們渴望漫遊在朝聖路上，以便讓自己忙碌的心靈停下來休息一會兒，獲得滿足。魅力讓人覺得親切、可靠，具有韻味十足的吸引力；想到再美好的東西也會有落幕的時候，魅力所留下的影子卻是溫和的痛苦和惆悵，其本身多半是在享受悲哀。正如羅伯特・赫里克寫下的〈致水仙〉：

別忙走，別忙走
直到匆忙的白日
將盡
夜晚來臨；
我們一起祈禱，
我們與你同行。

我們只有片刻停留的時光，如你一樣
我們只有短暫的春天；
如同你綻放的剎那就要面臨死亡
如你，或者任何事物一樣。

有此番心境的人們在死亡即將來臨的時候不會感到恐懼或者絕望；就像你看到一個小村莊，連同其一座座小屋頂和一棵棵大樹的剪影一起，隨著夕陽落到山後而籠罩在夜幕裡，你不會為此感到恐懼一樣。美也許是一種可怕的東西，就像處在激流直下的瀑布，四處是翻騰的漩渦，又或者像是處在烏雲壓頂，自天而降的電閃雷鳴當中。美的背後也許是荒蕪、憂傷、孤寂和廢墟，存在著強烈的傷感，無情的力量；但是魅力的出現卻標誌著安全和善意，即使其最後的結局不可避免地要用某種仁慈和寧靜的事物照亮。魅力的危險在於它是多愁善感的根源；而多愁善感的危險並不在於它不真實，而是在於這種情感讓我們失去了均衡感；沒有小場景和落日作為背景，我們就會開始不知所措；我們的眼睛已經變得那麼習慣於把視線落在處處開著鮮花的樂園，及園中那一排排樹木上，所以很難忍受面對遙遠地平線的未知，更不用說面對風暴和黑暗的威脅。

對那些能夠讓我們將目光投向身邊魅力的人們，我們應該深懷感激之情，因為如果缺乏這樣概念的生活，即使身處高位，尊貴莊重，日子也很容易過得粗糙和匆忙。與人生大多數的事情一樣，真正的成功並不在於選擇一種力量而忽視另一種力量，而是在於一種預期的妥協。無論我們是否願意，生活的偉大事務和無法更改的事實在我們的心靈閃現；即使某個人的頭腦傾向於想像最偉大的希望和目標，他也可能會在比較小而簡單的快樂當中找到力量和慰藉。具有特定品質並且非凡的人物，例如卡萊爾和羅斯金，他們不會讓顯微鏡似的眼睛阻礙對生命意義進一步的追問，也不會使自己在探索之路上分散精力。他們對細節始終保持著極大的興趣，並形成了兩個人各自的特點。還沒有哪個人能像卡萊爾那樣優美地描述原野和荒山的特色，深沉的寂靜讓讀者似乎聽到了遠處羊群在啃著青草；沒有哪個人可以用文字如此生動地捕捉稍縱即逝的人物姿態和如畫的風景，或者更為急切地把目光停留在滄桑歲月留下的雕塑般的面孔上，比如可憐的老農夫那粗陋平庸的臉龐。琥珀色瀑布，及其柔和、半透明的邊緣和飛濺的水花，或者某些半褪色的壁畫那昏暗的光彩，或者就要倒塌的、峭壁似的教堂前緣那複雜難懂的外觀，有誰能像羅斯金那樣對這樣的場景感到欣喜若狂呢？但他們沒有僅僅停留在那裡；是的，卡萊爾在其熱烈追求真理和力量的事業中，是那麼耐心地去描述日常生活的美。而羅斯金呢，令他沮喪的是，當他發現，任何呼籲或者痛罵都不能誘使男人和女人留心美的信息時，他痛苦極了。

然而，實際情況是，無論我們如何流連忘返，我們如何癡心地愛著細小的、甜美的、圍繞在身邊的樂趣和生活的快活，我們總是會遭遇悲傷——不管我們是否願意，沒有人能夠逃脫。因此，不要在比較嚴峻的時刻把目光從一些美好的事情上移開（因為我們往往會以為這些不過是炫耀和虛榮），而是應該沉著和有節制地加以運用。聖奧古斯丁寫過一篇恢弘的道德故事，讚頌光的榮耀和微妙，但是到了最後，他也只能祈禱自己的心不要太受到天堂事物的誘惑；假如我們對生活的關注，只是迴避和痛恨生活欣然給予我們的樂趣，那麼這就是錯誤的禁欲主義，這種迴避和痛恨的本質不過是對生活的一種恐懼。但是我們可以確信的是，生活的魅力和美好對我們來說具有某種意義；雖然不是活著的全部意義所在，但是至少對我們很重要。要使生活轉變成一種難過的期待和永遠的敬畏，只需要任意選擇一個體驗的範圍，並忽略其仁慈和善意。如果我們在生活當中製造一場悲劇，如果我們無法忍受自己舒適的安排被打亂，我們樂趣的小圈子就會被突破，我們的情感也許會變得脆弱。要想成為生活的贏家，那就做好準備應對各種變化，並且要認識到，假如完美的全盛期行將結束，形成全盛期的力量和我們對這種力量的愛就會爆發出更大的驚奇和榮光。如果我們能領悟到這些，生活的魅力就會在我們的心靈占有一席之地，顯示出某些令人歡喜、令人渴望和令人舒適的跡象，並隨時與事物的本質緊密聯繫在一起；如果生活的魅力消失了，就像掛毯上的金色絲線或鈷藍色絲線褪色了一樣，魅力就只能另尋別的模式出現；尋求的途徑不是藉由依戀或接觸我們熟悉的場景和喜愛的圈子裡某些特別的美和優雅，而是承認魅力是一種精神，其氣息永遠會讓我們感覺到，它在向我們招手，在向我們低語，即使有時候勁風會將我們遠遠地驅入黑夜和風暴之中，讓我們在刺耳的風吼中墜入波濤洶湧的大海，然而生活的魅力也絕不會讓我們失望。

真正的成功並不在於選擇一種力量而忽視另一種力量，而是在於一種預期的妥協。

Chapter 6

落日

暮色的流彩，西邊燃燒著明亮的晚霞，不再帶來令人睏倦的酷熱，逐漸暗淡下來的天空飄來愜意的涼風，這是一天中最莊嚴、最神聖的時刻。而清晨的曙光也自有其壯觀的霞彩，當人們必須重新挑起每天的重擔，開始忙碌各種日常工作時，曙光在神祕的薄霧當中透出光芒，把一層層雲彩撥雲見日的調成一天裡的日光。傍晚時分，當落日從輝煌和壯麗的色彩中逐漸暗淡下來，滿天星光閃爍的寧靜之夜到來時，忙碌了一天的人們方可閉上疲倦的眼睛睡去，似乎在為神祕的死亡進行著預先的排練；所以，隨著一天忙碌的暫停，逐漸暗淡下來的天色是對大地萬物生息的祝福。黎明將美的聖化帶入生活新的篇章，吩咐靈魂記住一天下來所經歷的辛苦和渴望，新的一天正是從清新、純真的陽光普照大地時開始；隨著夜晚的臨近，白天做的事和說過的話成了不能抹去的事實，此時的心境不是期盼的希望和冒險，而是不可改變的回憶，一天中所處理的事務結局已定，無法改變或修正。如果說早晨起來我們覺得自己有能力支配生活，那麼到了晚上我們則會明白，無論做得好還是做得不好，生命的力量對我們的控制已經得到了斷定，而且我們已無法刪減它給我們留下的記錄。

所以夜晚的氣氛更廣袤、更明智一些，因為我們不得不少想自己一些，多想上帝一些。在黎明的曙光裡，我們往往會覺得自己有事情要做，沒有什麼人——即使是上帝——能夠阻止我們把自己的意願施加在身邊的生活上；但是到了晚上，我們開始懷疑，我們能發揮的力量到底有多大；我們意識到，我們的欲望和衝動實際上早在遠古時期就已生了根，任何求變的努力和能量都無法撼動。直到最後我們抱著感激之情想到：我們一直被允許感覺和體驗眼前的生活。一天，我坐在一位貴婦人床邊，她和藹可親，是一位偉大藝術家的遺孀。她的房間牆上掛著丈夫的作品，畫面色彩豐富，線條優美，光線柔和。她曾在藝術圈子裡生活了好多年，積極參與各種活動，也建立了重要地位；她見過並熟悉上一代所有偉大的藝術人物；此時的她平靜又莊嚴地等候著自己生命的結束。她深情地對我說，「啊，我唯一的心願就是我還能繼續感覺——這將帶來許許多多的痛苦和折磨，但是能感覺到痛苦至少說明我們還活著。在我的生活中有那麼一兩次，我覺得自己對痛苦失去了感覺，為此受到了打擊，甚至無法忍受。這是我唯一恐懼的事——不是死亡，不是沉默，而是感情和愛的消失。」這話說得太精彩了，充滿了活力和生命的氣息。她不希望以一種未獲滿足的痛苦心情回憶，或者留戀過去的歲月；在她那虛弱的身體裡，我看到一種不朽的精神，這精神就像舊鳥籠裡一隻婉約歌唱的鳥，不論鳥籠經過多少風吹雨打，鳥兒卻仍然引吭高歌對生命的熱愛。

一個人不論能享受多少生活的奔流和生動——而我作為其中一員，雖然如今我的活力以更確定、「更慣常的管道流動」——然而我覺得，就算人們可以利用試驗的手段完成某些事情，能用更少的時間承擔以前還不能確定的東西，但是倘若能把能量集中起來，明確地瞭解自己希望從事的工作到底是什麼，那將是一種深感滿足的收穫。

我並不覺得自己的生活泉源正在枯竭，生活的動力逐漸減弱，相反的，我清楚地感受到生活潮流奔騰的強度比以往更加劇烈，因為我已知道自己的能力有限，不能再把有限的能量花費在無用的事情上；我已經懂得什麼樣的成就來自喜悅之心，什麼樣的目標是不重要的、沒有結果的。年輕的時候我渴望出名，得到別人的承認和服從。我希望有機會擠進各種團體，樹立自己的形象，以便贏得別人對自己的羨慕。如今，生命的日落時分越來越近，濃縮的光線從更遠的地平線上退去，在白天最後的時刻更強烈地跳動著，很快就要全部隱沒在黑暗之中，四周出現了淺淺的、朦朧的月色。我們如果只能短視地在一百面小鏡子裡看到自己的影像，是件多麼可憐的事！那些鏡子裡沒有一點真實的東西。輕輕的問候，偶爾彬彬有禮的談話，淺淺的恭維——這樣的事情一出現，就會很快隱去。唯一值得我們做的，應該是忠誠的、實實在在的工作。這樣的工作需要你付出真正的努力和辛苦，需要你耐心地形塑出自己獨特的觀念和想法，它可以讓你的心思活躍起來，得到鼓舞和激勵。你會慢慢意識到，一個人所珍愛的工作除了對他本人，其實在很大程度上對其他人並無太大意義；工作不是呈獻給其他人的一份高尚禮物，而是為了讓我們自己健康快樂地生活，由此帶來的愛只能是短暫的，要知道一時的自我快樂，根本算不上愛，因為愛就意味著受苦受難——不是雅致的遺憾和豐富的幻想，而是艱苦和無望的痛楚——這才值得稱之為愛。這就像是落日的餘暉，包裹著奔向死亡的閃光，逐漸暗淡和流逝的光線雖然極不情願地從黝黑的山谷和昏暗的林地離開，然而卻頭也不回地大步向前，越過潮濕的山地和波浪洶湧的海面，勇敢地迎接另一個新的黎明。

我們需意識到，在所有令人眼花撩亂的日光背後，除去生活中所有的噪音、笑聲、嗜好和單調乏味的工作，還存在著美的精神，這才是落日為我們心靈所帶來最好的禮物，因為這種精神並不總是在白天比較喧鬧和急切的炫耀中顯露，抑或留下痕跡。落日所具有的力量能在它所創造出來的景色裡編織微妙而又超然的神祕；而在白天，除了顯而易見的生活氣息之外，我們看不到什麼。某次我外出旅行，臨近黃昏時分，來到一個繁華的港口小鎮。在這裡你能發現生活的所有樂趣和稀奇古怪的東西。一座座倉庫鱗次櫛比，裝滿貨物的板條箱歪歪扭扭一直垛到了倉房頂部；一艘艘輪船上的煙囪鏽跡斑斑，管道張著口子，還有舷梯和樓梯口，懸垂的小船都停泊在繁忙的碼頭上。你無法明白或說清好多奇形怪狀的東西是幹什麼用的，或者看明白那些蜂擁而至、忙忙碌碌的人們到底在做些什麼生意。深沉的船鳴和刺耳的汽笛響起，該啟航了！船員們向岸上的人們揮手告別。這是最完整、最匆忙的生活，事實上這樣的生活所要求和強調的，是對我們身處這個世界的索取，並隱藏了更多的意圖。我們只是瞥見了某種急迫的匆忙，與其參與進去倒不如旁觀更令人愉快；我們一行人穿過一片雜亂的街區，走過一條又一條街道，繞過一個又一個院落，到處是矮小的房子。穿過這片街區後，我們一路遠遠地奔向一座地勢較低、孤零零的小港。這個小港口的生活看起來更為平靜；破舊、暗淡的船體拋錨在航道上；潮水從淤泥灘上滑落下來並從入口滔滔不絕的湧出，廢棄不用的破船殘體雜亂地堆放在一堆泥土裡。隨著太陽在橙色色斑和扭曲的雲環裡向西而落，海灣的航道逐漸變窄，海灣的另一端就是一處神祕的海角，海角上生長著大片幽暗的樹叢和低窪的、光禿的牧草地，一座座燈塔或孤獨的航標不時出現在這裡或是那裡，偶爾一個小村莊及其聚集在一起的房舍出現在水邊，燈塔、航標和小村莊之間的水面變得更為平靜，倒映在水面的藍天過渡成暗淡的綠色。這幅景致給我留下了深刻的印象，但要描述它給人的感受並非易事，更不用說它那神奇的美化作用；這是一種非常真實、清晰的感受，儘管其魅力依賴於這樣一個事實：即情感將現實世界推向更遠的一個點，擺脫掉固定的形狀和顏色，避開事物之間確實可見的聯繫，因為這些聯繫一下子變成了一片半透明的布幕，透過這塊布幕，人們能夠瞥見一個更大的、更美的現實。生活的希望、恐懼、規劃、設計還有目的，所有具體問題一下子變成了生活中的插曲，而不是結局。這些問題並沒有化為幽靈或者不真實的東西，它們曾經一度被認為是一種臨時的狀態，而這些狀態所呈現的艱難和嚴酷，遮掩了未來的生活及更廣泛的生活的意義。其實，這些具體問題並不是現在才有，而是在此之前就一直存在著，並且其本身的擴展超越了它們暫時的衝擊和影響。在這樣的情況下，一個人忙於做的、說的和表演的一切，在人們看來其實不過是一池深水的漣漪而已。這既不能使生活的日常活動徒勞無益，也不能避免；這些忙碌的表演只是在無形中增添些神祕感，儘管它們看起來似乎是那麼急切、那麼重要，可是生活中有些東西要比這些更遠、更大、更重要，它們才是生活中的實的部分，雖然只是一部分。

根據我自己的經驗，充實生活更深層的奧祕（無論是什麼樣的奧祕），並不完全意味著快樂，也不都是讓人輕鬆愉快、無憂無慮的事情。依我所見，此時此刻的祕密倒不如說是莊嚴的、意義深遠的、嚴肅的、困難的、悲哀的。但這不是那種讓人覺得沉重或壓抑的悲哀——實際上，這種想法馬上會讓人產生希望，比任何事物都要美麗。這其中充滿著安逸、滿足和祥和；它是相當強壯和堅定的，同時也是溫和的；但是擁有這種溫和力量的人在面對生活的辛勞和艱苦時，不會認為這些是生活的麻煩，並且真的懂得只有經歷過這些才能領悟人生的奧祕。這樣的情緒裡沒有絲毫輕易的、孩子般的幸福；生活裡面有幸福，但是古老而睿智的幸福觀能夠教會人們學習如何等待、如何為忍受苦難做好充分的準備。這樣的生活不會讓你感到苦惱和煩躁，不會因為自己沒有實現夢想而氣惱，沒有急躁、沒有失望或沮喪。但這並不能證明生活當中平靜的極樂，沒有任何煩惱——相反的，生活所需要的是深沉的、悲哀的、鍾情的耐心，而絕不是什麼功成名就，欲望的滿足。

我一向認為，最能區分人與人之間不同品質的，就是識別未知事物巨大力量的能力。有些人天生就能輕鬆愉快地預設目前的狀態，而有些人卻感到沮喪，不抱希望，在任何狀態下都不會展望未來；有些人無論目前身處何種狀態，都百無聊賴；而另外一些人則熱情、痛快地投身於目前的狀態，運用經驗，品味生活，享受生活，他們也會悲傷，也會反感，然而卻能超然處之，保持清醒的意識。所謂理想主義者，那是說在他的靈魂深處肯定有什麼值得他敬畏、崇拜、愛戴的事物。宗教理想主義者經常犯的錯誤在於，他們認為這種崇拜的感覺只能透過宗教信仰的一些活動才能獲得滿足；甚至更狹隘的是，認為透過教會或傳教士的禮儀或儀式方能獲得。但是也有許多理想主義者認為宗教及其系統教義以及確定的信條，只是一種沉悶的玄學，試圖解釋並定義無法定義的東西。更有一些理想主義者，他們從生活高昂的激情和無限熱愛中尋覓到崇拜的感覺、喚醒了自我對不朽力量的意識。對他們來說，人類存在的形式、人類目光裡找到的精神，恰好象徵著他們的奧祕。另外一些人則求助於繪畫和音樂等藝術形式來尋找這種感覺，還有些人投入到大自然的懷抱，表達自己對江河湖海、高山林地的喜愛。有的人則寄望於各種幻覺，以便幫助和喚起人類擺脫卑賤的狀態，或者用科學的方法研究大自然神奇的成分。崇拜具有數百種形式和能量，但是一個重要的特點就是：對某種巨大神祕力量的感覺，這種力量能把世界掌控在自己手裡——一種可以隱約地領悟，甚至與整個外部世界進行交流的感覺。儘管禱告只是人們為自己或者為世界闡述的願望，但實際上它也是這種感覺的一種表現形式。

然而，奧祕的基本部分和重要部分並不是靈魂祈求什麼東西，而是希望奧祕向靈魂發出啟發的信號，在這裡，當我說到落日的餘暉閃現，及其金色的港灣，昏暗的波浪，還有它為世界編織的暗淡面紗，對我自己的靈魂而言，就是一種莊重的儀式，可以影響我所相信的一個虔誠的天主教徒的群體效應——打開上帝奧祕的線索和符號，這時我只是在記錄自己的體驗。一個不信仰宗教的人也許旁觀過彌撒等一些宗教儀式，可是除了法衣和聖器，迂迴行進的步伐和揮動的手臂所形成的戲劇性場面，他什麼也沒看到，而信仰者則能意識到神確切的存在。對我來說，落日同樣揭示了上帝之美；落日照亮了生命，美化了生命；落日讓我可以親眼看見、神聖地仰望從宇宙的一端到另一端出現的純潔的美，無瑕的美，召喚我崇敬落日，面對其神聖本質而拜倒在地。事實證明，如果哪個人只是隨便地瞄上一眼落日，或者漠然視之，那麼這種大自然的神聖對他就沒有什麼影響力，只是擺明了他無法感知上帝的存在。但是對我本人來說，當我一個人獨自置身於山川深谷，或者越過廣袤的沼澤地，或者穿行在熟悉的小村子，遠遠地望著西邊清澈的天空，那雲遮霧罩的天幕或者寧靜的空間，落日發出火焰般的光芒逐漸熄滅，還有什麼體驗能像這樣讓我完全、深刻地理解宗教。接著，這片熟悉的土地，我所知道的樸實無華，一整天的能量，這時似乎都聚集在一起，形成深遠又無言的崇敬，我可以將自己完全信賴地、默默地託付給上帝，接受上帝無盡的賜福，而且處在無聲的讚揚和強烈願望的寧靜與和諧之中，這一時刻本身將化為永恆。

一時的自我快樂，根本算不上愛，因為愛就意味著受苦受難。

Chapter7

彭格西克的房子

總有這樣的一些日子——也許這樣的日子非同尋常——身體與精神狀態異常地和諧，所聽到的每個細小聲響、看到的每個細緻景象，都是那樣的清晰，那樣的別具一格，奇特地觸動我們的感官，散發強烈的芬芳氣息，讓我們的精神一下子愉悅起來，就像清涼的井水滋潤著乾渴的嘴唇。所有的事物似乎都各得其所，各種感官的和諧以某種經過良好設計的方式，巧妙地結合在一起；更重要的是，聲音、景象等等，讓我們情不自禁地將一連串深遠的、神祕的想法釋放出來，似乎要把生活的奧祕反射到精神層面上——以更精確的話來說，是以一種溫柔的、含笑的方式暗示著生活的奧祕，如同母親與孩子相對，驚喜地點頭默許孩子急切提出的問題。

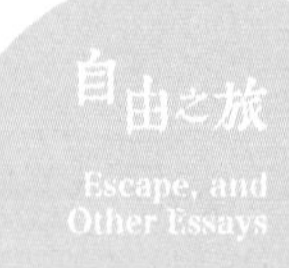

一月的某一天，對我來說，就是這樣的一個日子。我們驅車沿著荒涼的道路從馬拉吉昂趕往赫爾斯頓。沿途向海那邊望去，一座座廢棄的礦井井塔堆滿了礦渣，向另一邊看，單調乏味的低窪坡地上是一片片耕地和草皮，就像寬闊洶湧的波浪那樣漲漲落落，這裡或那裡不時出現一片野生冷杉樹的樹皮，如同布羅西里安德的魔林，或者像一片被勁風颳過、淺黃褐色的白蠟樹，隨著春天臨近，靠近溪水、生長在幽谷裡的一些樹木有一半變成了紫紅色。

這是一個陰冷灰暗的日子，海面上飄浮著一層薄霧，昨天陣風突發的天空已添上了一層層珠光閃爍的柔和雲彩，如同海浪拍打著海灘上的沙子。所有這些讓人耳目一新，無比溫柔的景色，那低垂的微暗，就像冬日清晨的微光，一景一幕像一幅田園風景畫伸展開來。

就在這個時候，在我們右側的一座小山谷裡，我們看到了古老的彭格西克房子——多麼冷酷、貧乏、饑渴的名字！——我們沿著一條小路向下走著，只見磨損的燧石從卵石鋪成的路面上顯露出來，道路兩邊是樹莓灌木叢和草皮牆，那裡的蕨類植物茂密叢生，星星落落的野地上長著金雀花和鏽色的羊齒草，接著一路向下，最後通向小山村——一個坐落著四五間低矮白房子的小村莊。小小的院落裡面，生長著茂盛、光滑的鼠刺，紫色的婆婆納屬植物盛開著鮮花，而豔俗的綠色松葉菊則翻爬或懸掛在柵欄上。農家院落裡矗立著塔式建築，院子裡的小牛凝視著門外，豬隻用鼻子拱地覓食，雞則在泥坑裡四處翻找食物。我從未見過如此微不足道卻又這麼漂亮的建築：這是一棟有著雉堞式裝飾牆的方形大塔樓，配有角樓，豎窗的窗框被海蝕的卵石堵住。整座塔是用非常奇特的暗灰色石頭建造的，經過風浪的侵蝕，面海那一邊的石頭褪成了最精美的銀灰色。方塔四處爬滿了常春藤，就像一桶水被潑灑在石頭地面上。在硼穴和牆壁裡還存有少許的其他建築遺跡，假山那裡堆放著一些經過雕刻的石製品。毫無疑問，這個小農場及村舍也是在廢墟之上建立起來的。

方塔旁有幾間空房子，裡面裝滿了農場木材。從塔頂向下望去，你可以看到一條峽谷通向遠處，形成長長的一條灰線，還可以看到昏暗的、低垂的懸崖，海浪在那裡拍打著峭壁，激起白色的浪花。

我猜想，這個地方確實需要非常堅固的壁壘，因為歷史上阿爾及爾和附近的一些海盜經常襲擊這一帶的海岸。大約一六三六年，海盜在鐐銬群島外的海域綁架了四十二名漁民和他們的七條船，這些漁民從此再無音訊。來自盧港的八十名漁民則在一天之內被海盜相繼俘虜。現存的文件證明，康沃爾的法官曾向愛爾蘭總督抱怨，一年當中，康沃爾失去了上千名船員！

但我們還應該注意事情的另一面：這一帶沿岸的當地人也並不安分，非常凶悍，多次在海上製造海難，幹著掠奪錢財的勾當，隨意燒毀被搶奪的船隻，殺死倖存的船員。彭格西克與康沃爾地區的其他一些村落一樣，也有著類似的惡名。彭格西克村所在的傑莫教區流傳一首古詩歌是這樣傳唱的：

上帝讓我們避開暗礁險灘，
讓我們從布雷奇人和傑莫人的魔掌裡脫險。

還有一個古老的邪惡故事。一五二六年，葡萄牙的聖安德魯號曾經滿載著金銀財寶在這裡靠岸。船上載有數千塊銅餅和銀餅，還有許多盤子、珍珠、寶石、手鏈、胸針、掛毯、綢緞、絲絨，為葡萄牙國王訂製的好幾套盔甲，與一大箱金幣。

然而，可憐的船員把大多數財寶搬上岸、堆疊在懸崖上之後，此時，彭格西克的約翰．米利頓與聖奧賓，以及一個姓戈多爾芬的人，他們一起帶領六十個手拿武器的暴民，突然現身，搶走了所有財寶。後來議論聲四起，這三位先生給的辯解卻是：「我們騎馬趕來這裡，是為了拯救這些船員，看他們非常窮困，還施捨了他們一筆錢。」但是我猜想，從那以後，彭格西克的大客廳裡就掛上了葡萄牙掛毯，而且一掛就是好多年。

米利頓家族滅絕之後，他們的土地透過購置和婚姻的方式，傳到了戈多爾芬後人的手裡——如今屬於里茲公爵。

也許有人認為，人生在世不該這麼活著，不該生活在如此危險的環境裡。但是這裡的人們很有可能並不常常想到海盜的事，只是把女人和孩子留在家裡，再在懸崖上安排一個家丁監視遠處的海面，觀察是否有三桅帆船開過來，而更窮困的人則想辦法抓住他們自己的機會。就如同我們明明也生活在各種不同的危險當中，但實際上卻很少想到這些危險，只是任憑日子就這樣一天天過去。

塔樓裡的生活很簡樸，也很辛苦——一些人捕魚狩獵；一些人則在沼澤地裡埋設彈簧夾子捕捉山鷸和野兔；更多的人從事農活，吃喝不愁，過著小康的日子，時而也會舉辦狂歡活動。這是一種粗魯的、豐饒的、健康的生活，也許離我們現在的生活並不遙遠——儘管我們不太敢相信這樣的事實。

但是，如今的老塔對我訴說的，卻是一些不同的事情，那是已被埋藏的過往。人類的靈魂以其短暫的生存年限奇怪地飄浮在這個世界裡，有過愛情、有過悲傷，可是他們對於以前發生的事情和以後即將發生的事情，以及為什麼會發生這樣的事，還有他們心甘情願、盲目服從的最終目標究竟是什麼，都一無所知，這倒真的令人感到悲哀。

我對自己說，這裡住著一屋子的人，他們有著與我一樣的希望、恐懼和幻想，但是他們當中卻沒有人（但願我還記得他們），能夠給我任何理由，解釋我們為什麼要如此忙碌地活著，不能完整地享受活著給我們帶來的快樂和興奮，卻要承受生活的磨難，過著不愉快的日子。在炎夏一個陽光燦爛的日子裡，面對著蔚藍的大海，置身於一大片紫色的田地，空氣中散發著金雀花的香味，潺潺溪水的聲響不絕於耳，還有什麼能比這樣的生活更美好呢？即使是在昏暗的日子裡，陣陣涼風從海上吹來，雨水敲打著窗戶，海鷗從我們頭頂飛過，寬敞的客房還留有被大火燒過的痕跡，女人們在忙碌著，孩子們則在遠處玩耍，這些跡象都足以證明，此處肯定曾經是一個令人愉快的地方。然而，即使是對那些最強大、最勇敢的鄉紳來說，一切都行將結束。拉著棺材的四輪馬車終將晃晃悠悠地穿過石頭小巷，傑莫小鎮的鐘聲飄渺地迴盪在山坡上。

但我並沒有繼續往下想，因為我內心埋藏著一種隱密的樂趣；相反的，我想到的是燦爛輝煌的生活奧祕，這似乎遮掩了某些更為優美的事物——天鵝絨般的高高天空滿布星塵，陽光明媚的果園裡噴湧著泉水，巨大的海浪發出悅耳的、雷鳴般的回聲，幽暗的樹林後邊閃爍著落日那橙色的光芒；所有這一切，都是生活的背景；然後就是朋友之間的精神交流，截獲迷惑眼神所閃現的目光，傾聽發自內心的喃喃細語。所有這些，以及其他許許多多甜美的形象和幻想，如今全都湧入我的腦海，就像黎明時分，我觀察矗立在那裡的古老的銀灰色方塔，庭院裡飄來陣陣芳香，方塔的後邊是一片昏暗的沼澤地，一座座小房舍聚集在方塔周邊，安靜地沉思著……

我們明明也生活在各種不同的危險當中，但實際上卻很少想到這些危險，只是任憑日子就這樣一天天過去。

村莊

Chapter 8

我很想知道，是否有哪個人能像我這樣真摯、不圖回報地喜愛著劍橋附近田園式的幾個小村莊。在我看來，似乎還沒有誰對這些村莊產生什麼興趣，哪怕只是很小的興趣，或者有興致去瞭解這些村莊的獨特之處，抑或記住這些村莊的位置。誠然，要想一下子準確無誤地區分西斯頓、欣克斯頓、豪克斯頓、哈斯頓、哈爾頓這幾個村莊，那真的需要非常虔誠的愛慕之心；但是對我來說，這幾個村莊都具有相當完美的獨特品質，會讓你的腦海裡浮現出一個又一個迷人的莊園景象。誰能恰當、完整地評價大小埃弗斯頓所擁有的美麗？我不能肯定，除了我和我的一位朋友——一個誠實善良的人，劍橋的居民當中似乎也沒有誰能做到這一點。其實，以鑑賞家的目光欣賞這些村莊，其樂趣並不比紅酒和雪茄鑑賞家所獲得的樂趣差多少，只是人們通常不這樣認為罷了。

這些村莊的魅力是什麼呢？我說不出來。這是一個奧祕，就像所有美好事物所具有的神祕魅力一樣；進一步來說，對這樣一個無生命之物而言，它絲毫沒有個性，沒有個人特徵，沒有能力回報愛，但你卻那麼不圖回報地在愛它，那麼愛情的意義是什麼呢？愛情的魅力在於一個人能夠領悟對方發出的信號及其內含的精神。「我喜歡你在這裡，我相信你，和你在一起我很高興，我希望能送你什麼東西，以增添你的樂趣，當然也增加我的樂趣。」這樣的或類似的東西，正是人們從敢於去愛的人的眼睛、面部表情和身體姿態當中，能讀到東西的動力所在。不然的話，假如你不能從某種事物當中找到蛛絲馬跡，不能察覺出某個人與朋友、同志和情人親近時的怦然心動、血脈賁張，你就會覺得悲哀、痛苦和孤獨。但即便如此，人們還是能預想到，天下沒有不散的筵席，總是會有分手的時候，分享了快樂之後，人們還是得踽踽獨行。

於是，有人養起了寵物；不過這是一種非常奇怪的愛，因為人和動物不可能那麼透徹地相互理解。狗也許可以成為人類忠實的朋友，在這世上也確實很少有別的動物能像狗那樣值得主人信賴，狗真的對主人忠心耿耿，這是種非常奇妙的關係。我想也許還會有人喜歡馬，儘管最好的馬也是愚蠢的牲口；人們可能會認真地與貓建立友誼，儘管貓並不是那種默默忍受的動物；鳥也可以成為供人們嬉戲作樂的小玩伴；而野生動物給人們造成的恐怖印象則是相當可怕的，因為數百年來，野獸象徵著殘酷的惡事。

人們也許還會以某種渴望愛上藝術品，例如油畫、音樂和雕塑；但我認為，那是因為人們希望在藝術長廊的末端認識和瞭解人的形象——穿過歲月匆匆離去的形象；但是人們覺得自己可能愛過的這個形象只能存在於特定的時間和地點。

說到喜愛樹木花草、山川溪流、城市建築和鄉村田野，我們又該如何來理解這種情愫呢？拿我自己來說，我對附近這些小村莊有著相當獨特的感覺。在我看來，有些村莊像是謙恭有禮的人，有些像是遲鈍冷漠的人，也有些像是愉快友好的人，後者是我比較喜歡看到的人，我真的希望與那裡的人們建立忠誠的朋友關係。我喜歡拜訪他們，如果我不能去探望他們，我會想念他們；當我遠離他們時，他們的身影會時常浮現在我的腦海裡。一想到他們在那裡等我，一想到他們在山腳下建立的家，一想到蘋果園上方飄出的炊煙，我就感到高興。

三十年前的我還是個大學生，我曾走訪過這裡，其中有一兩個村莊讓我非常喜愛。如今當我再次走近這些村莊的時候，我不禁想起過去的歲月和老友們的情誼，這種感覺就像是一股股甘美的、遠方飄過來的芬芳。然而，我並不認識住在這些村子裡的任何村民，儘管去過多次，我能認出並打招呼的人也只有幾個。

但是請允許我特別說一說其中的一個村子。我不想說出這個村子的名字，因為一個人不該公開自己熱愛的事物名稱。那個村子都有些什麼呢？它位於丘陵地帶，背靠著一個不高的山丘；村舍散布在一條高低不平的崎嶇小巷裡，往昔的牧羊場如今早已被開墾成耕地。山地的土壤是灰白色的，當落日的餘暉斜射在地上的時候，新翻過的耕地上留下了淡淡的、奶油般的陰影。那裡有兩三座用淺灰色磚蓋起來的堅固農舍，而緊靠在農舍四周的則是棚架子、乾草堆、牲口棚和穀倉。我認為，牲口棚的氣味及其濃烈的糞便味，還有滲水池發出來的污水味，倒是能讓人體的感官覺得舒服，你不會覺得它們污穢不堪、難以忍受，相反的正因為它們的存在，你才會覺得自己處在人與自然和諧統一的鄉村裡。經過長時間的繼承，這氣味毫無疑問地讓人們有了回家的感覺。

另外，那裡還有許多灰泥、白牆，參差不齊的村舍，蓋得精巧別致，古雅漂亮，大概有一兩百年的歷史，毫無疑問的，當時的建造手法還是很差，不過現在看起來卻滿迷人的；那裡還有一所新式學校，現在看起來粗陋不堪，紅磚、石頭飾面，倒還算時髦——之所以說它醜陋，是因為這些建築材料似乎不是產自本地，而是用火車運到這裡的；而且那裡還有幾處新的黃磚村舍小屋，住在裡面也許要比住在老屋舒適得多，但是不會讓人有什麼興趣去探尋，也沒有什麼魅力可言。整個村子的周邊是一片片小的田地、果園、圍場、牧場，許許多多高大的榆樹拔地而起，樹梢超過了村舍小屋的屋頂。那裡有一座老式而別致的農場，裡面修有一條壕溝和一處鴿棚，古色古香的精美磚牆周圍長著一些被截去樹梢的榆樹，很有特點；另外，那裡還有一間很大的教堂，不知道是誰建造的，人們一般不在這裡占卜，因為村子裡沒有什麼鄉紳，既然這裡的農工和牧工能夠建造一個觀星台，他們也有可能建造這樣一座教堂。現在看來，沒有一萬英鎊是蓋不起來的，但究竟是誰出的錢，又是誰擔任設計師和建築師，都沒有留下任何文字記載。教堂裡有一座精緻的塔和一對絕妙的鐘；有一些製作良好的銅製品，一個枝形吊燈和一些燭台，角落裡還有一個建於十八世紀的古墓，蓋得很堅固，頂部蓋著一大塊黑色玄武岩板，一個飾有紋章的盾牌，一個刻著些奉承話的銘文的墓碑，上面的話也許適用於任何人，也許對誰都不合適。某個特別的老紳士為什麼想要長眠在這裡，或者誰會願意花費那麼多錢把死者安葬在這裡，沒有人知曉，而且我覺得除了我之外，不會有誰關心這樣的事情。

教堂裡還保留一些老式的窗戶，就是那種花飾窗格的玻璃窗，足以說明那時有人喜愛華麗漂亮的東西，而且還有人付出了足夠的精力照顧這些窗戶。教堂旁邊就是教區長的管區，幾百年來劍橋某個學院的研究生居住在這裡。我猜想他們沒有花太多時間住在這兒。他們也許會在星期天來參加兩次禮拜活動，其間吃上一頓冷餐；也許他們會去探望本教區教堂患病的禮拜者，甚至還會在週末過來參加婚禮或者葬禮；而且我敢說，到了夏季學院沒人時，他們會來住上幾個星期，只是他們也許會覺得這裡相當乏味，所以還是渴望回到溫暖的師生公共休息室和學院的避風港去，在那裡聽聽小道傳聞和轟動事件。

我想，能夠描述的東西也就是這些了。那麼，這裡到底有什麼值得人喜愛的呢？

這裡只是地球上很小的一片土地，但是我敢說，人類在這裡已經生活了上千年。整個地區的樣子經過人類的愛戴、呵護及其辛勤的勞動而慢慢成形。一開始，這裡也許沒有什麼，或許只有幾間簡陋的小屋和茅舍，還有毛石砌成的小教堂；後來，房子蓋得大了些，也好了些。也許在黑死病流行期間，這裡又成了人煙稀少的地區，因為那場大災難奪去了這一帶很多人的生命。牧羊人、農夫、投機者、挖溝工、食品雜貨店老闆，還有牧師——這些人形成的村鎮已有上千年的歷史。他們是一群很能吃苦、愚昧、沒有什麼想像力的人，過著順其自然的簡樸生活，相互之間並不那麼關心，沒有受過什麼教育，喜歡閒聊，傳播流言蜚語，行為粗野，而且非常迷信。但令人感到驚奇的是，他們卻能突然間煥發出愛的激情；更令人驚奇的是，他們享受著為人父母的樂趣：看著大大小小的孩子一年年成長，漂亮、可愛、迷人、每天打鬧弄得髒兮兮的、有趣好玩、淘氣頑皮，漸漸的，孩子們一個接著一個步入遲鈍無趣、嚴肅冷靜的年齡，接著開始變得衰老，最終走進教堂墓地！

想到這些，我便意識到現實生活的美所包含的悲傷、神祕和美麗。我想知道所有這些人是誰，他們都長什麼樣子，他們關心什麼，他們在想什麼，他們如何與疼痛和死亡談判妥協，他們希望的是什麼，期待的是什麼，恐懼的又是什麼，在他們身上都發生了哪些事情。他們當中的每個人都像我一樣活著，緊迫的、熱情的、興致勃勃的。而且他們似乎沒有哪個人想過他們是如何來到這兒的，或者他們將要去往哪裡——龐大的、無助的、本性敦厚的、順從的人群，男人和女人。他們就像源源不斷的溪水傾瀉而出，流向世界各地，在人生的旅途上奔波忙碌，不時改變自己的行程。毫無疑問的，當陽光灑向蘋果園，空氣中飄散著果香，蜜蜂在花叢中飛來飛去，人們相互微笑著，寒暄幾句親切卻沒有什麼實際意義的話語時，那一瞬間他們高興地活著；毫無疑問的，當他們痛苦地躺在不通風的閣樓上，夜裡聽著外面呼呼的風聲，盼望著自己的身體能夠康復，他們自然會憂心忡忡。當然還有一些重大活動和宴請款待的事，例如禮拜天聚餐、參加婚禮、乘農場馬車去劍橋城裡逛逛，探望嫁到附近村鎮的姊妹等等。在我看來，他們並不瞭解或者關心世界上正在發生的事情。戰爭和政治對他們來說沒有太大影響。他們也許更關心天氣，更關心自己的工作，他們喜歡禮拜天休假——一切都是那麼平淡和簡單，沒有要表達的思想，沒有要說出來的感情，幾句短小精簡的詞語就可以概述自己的經驗。然而，我願意相信他們對這個地方的外觀感到滿意，雖然不知道是什麼原因。我不想就所有這些狀態欺騙自己，也不打算把這裡說成是一片田園風光，世外桃源。確切地講，我不希望自己也如此活著，而且我也認為這裡的人們粗俗、貪婪、遲鈍、醜陋，且有好多庸俗的想法。儘管我能夠用優美的思想審視這個小村莊，把我的思想寫成音樂般的篇章，但是說實話，我不相信我的生活、我的希望、我的感受與此地老人的體驗會有多大的差別。

不錯，我有藏書，我有名畫，我有聰明的想像力和奇思妙想，但這只是我煞費苦心玩耍的遊戲，是我所關注和標識出的東西罷了；我期待古老的心臟和頭腦仍在工作，留意、觀察並記錄；而我所有炫耀式的講話和思想表達都是表面而膚淺的東西。

我想知道是什麼聖化和照亮了這個小地方？是什麼讓這裡煥發出金色的光澤，

使這裡成為感人至深、無比美麗的地方？如果想到這裡所有奇怪的、無意識的生活，愛與恨，恐懼和滿足，歡樂和悲傷，而且這一切早在我出生之前，就在茅草屋頂的房舍和果園之間起起落落地反覆出現，這樣的演變在我化作泥土之後還會繼續，那就不難找到答案了。

三十年前，我與一位朋友（他現在早已過世）到鄉下考察時第一次來到這裡。我可以肯定，正是上述那些相同的想法，讓我們都覺得這是個充滿魅力的地方。那時我還沒有能力用文字把這裡的美寫出來；我也是從那時開始才嘗試學習用筆來記敘生活中的美，使用文字對生活進行生動的描繪是種非常愉快的消遣。時值盛夏，驕陽似火，天氣炎熱——至今我還記得田野裡飄蕩的三葉草花香——就是在這裡，我驀然覺得自己的心靈得到了淨化和滋潤，並開始思考，這裡溫暖的氣息，滿山的綠樹，吃草的牛羊，學步的娃娃，所有這些意味著什麼呢？或者說這裡為什麼充滿著祥和快樂呢？這不是一種宗教感覺，但是你卻能感受到一種偉大的、和藹可親的、愛美的精神和意願引領著，這種精神與我們內在的需求很相像，即使這樣的精神也會有陰影——痛苦和憂傷，還有虛偽的別離。

那時，我還不是一個知足常樂的男人，這之前的經歷讓我懂得未來的生活可能既艱難又複雜，所以無論是在心智上還是在心靈上，仍有很多問題困擾著我。那時世界對我來說還是比較美好的，儘管不像現在我覺得那樣有趣；但那時我就與現在有著相同的願望，雖然這個願望至今仍沒有得到滿足。我的願望就是找到某種強壯的、安全的、永恆的東西，完完全全可以信任、可以理解、可以寬慰、可以解釋和可以讓我安心的東西，一種人們能夠用雙手緊握的力量，那感覺如同孩子把纖嫩的手指放在強壯的、張開的手掌上，再也不會有什麼疑慮。這是一個人的弱點，這個弱點是那麼令人厭倦、令人垂頭喪氣；然而，我卻根本不想要那種無憂無慮、漠不關心、野蠻和健康的力量。我想要的是愛的力量和平靜的力量，不必懼怕什麼，不必為什麼事感到困擾。我從不懷疑，所有這些必定存在於這個世界的某個角落。

而現在，我終於找到可以感受到這種力量的地方了！

那天，我一直在這個村子裡流連忘返；直到太陽西下，金色的光線從龐大的、堆積起來的烏雲底下噴薄而出——我的保母曾告訴我，這是長長的光線在吸收空氣中的水分，但是我卻相信這是上帝在眨眼。山上的樹木還沒有長出綠葉，榆樹芽是

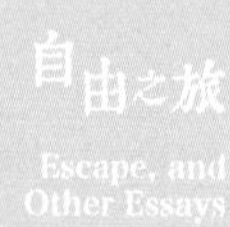

紅的，柳樹枝也在春風中顯露出深紅色；清澈的小溪汩汩地從山上流下；農家小院的樹上長滿了向上舒展的葉子；歐瑞香盛開著火紅的花朵。生活運轉、暫停、奔騰地跑過去了！我好困惑。當我走出大門，看到那一天的黎明，我就會情不自禁地覺得自己真的很想再去看一看我的小村莊，沿著村子裡的小路閒庭信步，觀賞那裡的農家房舍。現在的我比那個時候的我更聰明了嗎？我在那裡的所見所聞能否讓我憂慮的心情放鬆下來？誰能告訴我？然而，藍天之下那扭曲的老蘋果樹、新長出來的青草似乎都在保守著祕密。三十年前漫遊在原野上這個小村莊時，我就很想弄清楚這個祕密，並想把它變成我心靈得以平靜的祕密。

Chapter 9
夢

如今，一些研究思維規律的哲學家發起了一場運動，他們把重點放在對「夢」這個現象的解釋上；究竟我們大腦的哪一部分在扮演著如此奇特、強烈和鮮明的角色，而且還對普通動機和慣例不予理睬？就像我們在日常生活中碰到過的許多其他事情，夢對我們來說太熟悉了，所以我們全然忘記要對夢的不可思議與絕妙感到詫異。關於夢，讓我感到費解的似乎是這兩點：首先，夢境的絕大部分是視覺印象；其次，儘管夢都是自我發明、自我產生的，夢還是謀畫著用奇妙的情感和意想不到的鮮活場面衝擊著我們的頭腦。現在我們就詳細地談談這兩點。

當我們從夢中醒來，如果對夢到的情景記憶猶新，夢中的某種場景通常就會給我們留下印象，而這樣的印象主要是透過眼睛來接收。不同的人會有不同的夢境，拿我自己的夢來說吧，通常可以相當清楚地分成好幾種類別。在最常出現的夢境裡，我往往是在默默地觀賞難以形容的美景，例如我曾在夢中看見一條像寶石般湛藍的大河，浩浩蕩蕩地從巨大的砂岩峭壁之間順勢而下；或者，我身處樹木繁茂的小山裡，旁邊濃密的樹叢盛開著鮮花；抑或我看到林地上出現了宏偉的建築群，伴著刻有石雕的門面以及高聳的尖塔。這些夢很奇特，讓我倍感振奮、開心和刺激。從這樣的夢裡醒來之後，我總能對美和奇蹟產生一種不同尋常的感覺；要不然就是我會夢見自己透過窗戶或陽台看到某種隆重的儀式，其程序令人感到費解，一大群服飾華貴的人們要嘛步行，要嘛騎馬或坐車列隊行進；或者看到某個昏暗的、用柱子支撐的屋內正在舉行宗教典禮的場面。所有的夢都寂然無聲地演繹著。我弄不清楚自己在哪裡，正在經歷什麼，我又急於想知道什麼。沒有人大聲說話，我身邊也沒有能交談的人。

此外，我還做過另外一種夢，主要的內容是愉快而生動的談話。在夢中，我與羅馬主教和俄國沙皇這樣的大人物推心置腹地長談。他們向我請教，他們引用我書裡的論述，而我驚奇地發現，他們是那麼和藹可親、平易近人。又或者我身處一間陌生的房子裡，與一些我並不認識的人聚會，客人們一個接著一個走到我面前，向我講述各種趣事的真相和細節。

另外，我還常常做這樣的夢，在夢裡遇見一些早已死去的人，例如，我經常夢到自己的父親。有一次的夢是在一個火車站，我們父子偶然相遇，我們都暗自慶幸這次愉快的不期而遇；父親抓著我的胳膊，微笑地、寬厚地說著什麼；但當我開始感到困惑，怎麼最近很少見到父親，往往在問他去了什麼地方、怎麼這麼久不曾相見時，我就會從夢中醒來，並意識到父親早已逝去。夢，是我與父親相見的唯一途徑。偶爾我還會在夢中聽到音樂。我記得很清楚，自己聽到了四位音樂家用銀笛等幾樣小樂器演奏四重奏，曲調甜美流暢；但是最令我興奮異常的夢，還是在夢中可以與人親密交談或者遊覽風景。

在我還是孩子的時候，我經常反覆做著同樣的一個夢。當時我家住在林肯郡一個叫錢斯里的老宅院裡。這個地方很大，漫無邊際，有著某種有趣的中世紀建築的特徵，例如螺旋式石頭樓梯、都鐸式木製屏風，鑲嵌在牆上，以前是這所房子小教堂的擺設。此外，那裡還有一些相當莫名其妙的空間，向外延伸的通道長度與房屋內一些房間的大小很不相稱。這種格局極大地刺激了孩子的想像力，也許這也是我的夢的起源吧。

這樣的夢總是以相同的方式開始。我似乎準備走下通往大廳的樓梯。當我踩住某塊木板樓梯時，總會覺得這塊木板發出咯吱咯吱的聲響。經過檢查，我確定木板裝配著鉸鏈，於是就找到鉸鏈，打開它，結果樓梯的一端出現，一直通向地下。儘管我時常反覆地做著這個夢，可是每次都還是會感到震驚，以為自己有了什麼新的發現。夢中的我，通常讓身子從開口處擠進去，然後隨手關上木板，順著樓梯走下去；四周的環境昏暗混濁，因為用的是人造光線照明，奇怪的是，我從未找到光源。

下到了底部，我看到一個很大的拱形屋頂的房間，非常寬敞，有著長長的過道，裡面的畜欄都安裝著鐵柵欄，這裡好像是個馬廄或者牛棚。畜欄裡養著狗、老虎和獅子等動物。牠們很溫順，看到我也顯得很高興。我總是走進一個又一個畜欄，給牠們餵食，和牠們一塊兒玩，玩得很開心。我在那兒從未見過任何管理員，也從來沒想過這些動物是怎麼來到這裡，又是屬於誰的。我通常會在自己的這個小動物園裡玩上很長的一段時間才離開；對我來說，似乎唯一重要的，是不能讓人發現我要離開這兒。我總是小心地舉起那塊木板階梯，確信周圍沒有人；一般情況下，在夢裡，總是有個人從我頭頂上的樓梯走下來，這時我就等待著，蹲伏著身子，心裡則在感受冒險所帶來的那種興奮。等那個人走過去，我才小心地溜出來。之後這個夢變得越來越熟悉，所以每當上床睡覺時，我總是希望自己還能在夢中見到那些狗、老虎和獅子；但我常常感到失望，因為在夢裡我夢到的都是別的東西。這樣的夢並不是規律地出現，一年也就那麼一兩次吧，不會更多；但是令我驚異的事實在於，這樣的夢總是伴隨著相同的愉悅感和奇妙感出現，等我真的想到了，我才意識到我以前從未見過夢境裡的東西。

另一種反覆做的夢往往是在我患病長期休息期間出現，那期間我會到另一個地方寫作；這時候的夢總是令我愉快和開心；只是我經常會在夢中見到深奧的黑色。有時是身披黑斗篷的人，有時是一扇門，門後是深不可測的黑色空間，有時是一隻黑鳥，例如渡鴉或者烏鴉；不過出現次數最多的是一個黑色小盒子，放在桌子上，看不出有蓋子，也不知道如何打開。我總是把盒子拿在手裡，覺得盒子很沉；做夢之前和夢醒之後，我從來沒有感受到如此強烈的黑色，這種狀況太明顯了，不太可能僅僅是個巧合；我毫不懷疑，這是我身體狀況一種潛在的暗示，肯定有一定的身體原因。確實如此，即使醒著的時候，我也能意識到黑色物體的存在，雖然不能清楚地看到，卻模糊地存在於我的視覺細胞裡。身體康復之後，這種情況再也沒有出現在我身上，我也沒有再夢到黑色的物體。

上述的夢比較有連貫性；還有一種類型的夢，呈現的是模糊的焦慮特徵，比如一次又一次地試圖趕上火車，或者急切地想按時赴約或參加某個社交活動，充滿了倉促和驚慌。或者有時夢到自己因莫須有的罪名被判處死刑，而且執行的時間即將來臨。不久前的某個晚上，我在夢中遇到了相同的情況。我與不同的政府官員面談，試圖找出判我有罪的理由，但是沒有用，他們誰也不能具體地向我說明案情，只是禮貌地向我表示同情，說有必要殺一儆百。埃勞德．喬治對我說，「毫無疑問，會做出實質性的審判！」我說，「可對我來說沒有任何安慰作用。」「不，」他親切地說，「即使你得到了更大的安慰又有什麼用！」

不過，除了所有這些夢之外，一場栩栩如生的夢之後往往會說明一個事實：亦即一個人記憶裡的各種事物形成的畫面，經常要比真實生活所看到的景象更清晰，真的，你可以看得更清楚。我能比較清楚地回憶起某些在夢中看到的風景，完全勝過我親眼目睹的許多景色；這種情況讓我感到非常不解，怎麼會有如此的效果，記憶如何能夠儲存似乎是視覺印象之類的東西，大概所利用的是視覺神經的反射作用吧？

接下來我們談談第二點，亦即夢所激發出來的強烈情感。真的，看起來似乎一定有兩個可區分開來的個性在運作著，而兩者之間沒有任何聯繫，一個在無意識地創造，另一個則在有意識地觀察。

不久前，我夢見自己正在賴斯霍爾姆的一個湖邊漫步。這個地方以前曾經是林肯郡主教的宅邸，小時候我經常到這裡玩。我見到湖面有些下沉，湖畔是用鵝卵石鋪成的一條長長的湖堤，我在湖堤上散步。遠處湖堤上有個東西露了出來，我趕過去一看，是一個奇特的金屬杯子的杯底。我把杯子拽了出來，結果發現自己竟然找到了一個金製的聖餐杯，很大，由於年代久遠，又經過風吹雨打，杯子多少失去了光澤。接著，我又在湖堤上發現一些杯子、聖餐盤、蠟燭架和酒壺，都是古董啊，非常精美。這時我記起來，小時候曾經聽說過（這當然完全是想像出來的），在林肯郡曾發生過一起盜竊大教堂聖餐盤的大案，而某個主教則被懷疑與此案有牽連；我當即明白了，我碰巧找到了贓物的埋藏地，毫無疑問的是那個主教用罪惡的雙手藏在這裡的——我甚至回憶起了那個有嫌疑的主教的名字。

現在作為一個事實，我頭腦的一部分肯定預先編造了一個故事，而頭腦的另一個部分則驚訝而興奮地領會和理解了這個故事。然而頭腦負責觀察的部分完全沒有意識到，這個故事的始作俑者是我自己本人。大概也只有自然推理才可以說明，存在於我頭腦裡的二維性發揮著作用。

這是因為，當一個人清醒的時候，會覺得自己是在虛構和控制事件。在夢裡，這種掌控權則完全消失；你似乎沒有力量控制大腦富有創造力的部分；你只能無助地跟著走，並對其創造力感到驚訝。然而，有時候，如果夢到非常悲痛的事，而你開始要醒了，則似乎就會有第三者介入，並明確地告訴你，這只是一個夢而已。這個第三者的出現也許會讓故事的發明者倉皇失措，然後迅速離開，由此使膽小羞怯、驚恐不安的觀察者頓時鬆了一口氣。這樣看來，理性自我是在重申本身，而兩個個性，一個在創造，一個在觀察，相互緊跟著出現。

還有一種非常奇特的夢，這樣的夢很少與目前生活的所見所聞有多大關係。就像我已經說過的，我做的夢大多與風景、儀式、談話的場景有關，或是和令人激動的冒險經歷、糊裡糊塗的約會連結在一起。擔任學校校長時，我極少夢到學校；可是自從我不當校長了，卻時常夢到自己在學校工作，例如努力維持大班課堂的教學秩序，或者是匆忙地尋找我的教學講義。在我長期患病期間，大概有兩年，我總是做一些心情愉悅的夢而非沉悶的夢。可是等康復之後，我反倒無緣無故地在夢中見到許多令人憂鬱的事。在我看來，自己的夢很少與最近發生的事聯繫在一起；我不能說美妙的風景、宏偉壯觀的儀式、與達官顯貴的交談、令人激動的偶發事件，在我的生活裡起了相當大的作用；然而，這些卻是我夢的組成要素。心理學系的學生說，夢的主要素材似乎是早期生活經歷的提煉；他們說，當他們診治心理疾病時，透過研究病態大腦所做的夢常常就能解釋錯覺和強迫症，這樣一來通常就能證明要嘛是願望沒有得到滿足，要嘛是童年時神經受到了嚴重的刺激。但是在我自己精心製作的幻象裡，我卻識別不出有什麼主導的原因；唯一能讓我做夢的生理原因，似乎就是我躺在床上睡覺時感到太冷或者太熱。似乎完全可以肯定，夜裡氣溫的突然變化讓我做了大量的夢。

關於我的夢，還有一個非常奇特的情況，那就是在夢中我完全喪失了道德觀念。夢裡我曾偷過自己感興趣的東西，曾經毫無理由地殺人，但是我卻沒有一絲同情之心和悔過之意，只是焦急地設法掩人耳目，逃避偵探的追捕。在夢裡，我也從沒有什麼負罪感或羞恥感。我發現自己真的很擔心，不過我總能找到許多應急的辦法，毫髮無傷地逃掉。此外，某些情感因素在我的夢裡也很活躍。我有時似乎是和哥哥或姊姊一起在房間裡或院子裡玩，而醒來時卻發現這完全是我的想像，我能回想起童年時代的夥伴，以及在那裡發生的各種各樣令我感傷或愉快的事情。

儘管生活中的大部分時間我都用來寫作，我卻發現自己很少在夢裡寫出了什麼東西。有一次，我在睡覺時寫下了一首詩，一種奇特的伊莉莎白抒情詩，題目是〈鳳凰〉（你也許能在《牛津詩選》讀到）。在此之前和之後，我從來沒有寫過類似的東西。事情發生在一八九一年我生日的前一天晚上，當時我和一位朋友住在威斯特摩蘭郡的一家旅館裡。夢醒時我把詩句匆匆地寫了下來。事後我又對這首詩做了一點補充，因為我覺得不夠完整。我把這首抒情詩編入我的一部詩集，並向一個朋友出示了證據，朋友卻指著補充的一節詩行對我說：「哎呀，你一定遺漏了什麼——你增加的這節詩與整首詩完全不一致！」

不過，這是一個獨特的經歷，除此之外，我曾在夢中出席了一次付堅振的宗教儀式。夢醒後我記起了在儀式上吟誦的一首非常奇異的讚美詩，可是這首詩太怪異了，我無法寫下來。這首讚美詩原本是獻給主持儀式的主教，然而，夢裡的我似乎也被這首詩打動，覺得好像是唱給我聽的。

在睡覺時，我偶爾也會被某種巨響驚醒，每逢遇到這樣的情況時，我就會從夢境裡醒過來，但是栩栩如生的夢給我的強烈感受是我無法瞭解的，沒有什麼能與之相比。有人說睡覺愛做夢會使人萎靡不振，但是這一點在我的經歷裡卻不是這樣，可以說完全是另外一回事。對我來說，睡得沉，通常就是我身體狀態不佳的跡象；如果我做了許多愉快有趣的夢，我通常會覺得身心愉悅，神清氣爽，就像一個人得到了充分的休息，或者在作客期間得到了很好的款待一樣。

這些只是一些散亂的個人經歷，從哲學上講，我提不出什麼夢的理論。從我的情況看，這是一種遺傳的力量。我的父親就是我所遇過最生動、最固執的做夢人，他的夢具有很高的品質，總是那麼出人意料，生動有趣，我不知道還有誰的夢能與我父親的夢相比。我父親的夢，最非凡、最有創造力、也是我從未聽說過的，要算是他在夢中找到了提圖斯．歐茨的馬的墓地（我曾在父親的傳記裡講述過此事），因為在談話開始之前，他並沒有意識到那塊石板到底是什麼。

父親夢到，他與斯坦利院長站在西敏寺裡，看著一塊有裂痕的石板，那上面刻有一些字母。斯坦利說，「我們找到了。」「是的，」我父親說，「那麼你如何對此做出解釋？」「什麼？」斯坦利說，「我認為立碑紀念一匹清白無辜的馬就是想說明這樣一個事實，主人的惡劣行徑並不會影響到他騎的馬。」「當然！」我的父親說，仍然沒有完全意識到墓碑上的題銘指的是誰。我父親在石板上看到了TITI CAPITANI這樣一些字母，知道這塊石板是為提圖斯．歐茨的馬而立的墓碑，而完整的碑文應該是EQUUS TITI CAPITANI（提圖斯上尉之馬）——「上尉」這個軍銜讓我父親回想起，提圖斯．歐茨曾經當過民兵團的上尉。

我唯一真正稱得上非凡而顯示了我異常的預感能力或者說洞察力的夢，是一九一四年十二月做的一個夢，因為夢中所發生的事不能僅僅解釋為一個巧合。

一九一四年十二月八日這天夜裡，我夢見自己走在一條鄉間小路上，路的兩旁栽種著樹籬。路的左側有一座花園，裡面矗立著一幢房子。我正打算去那裡探望我的一個老朋友阿迪·布朗小姐。她已經去世好幾年了，但是在夢裡，她仍然活著。

在我前邊走著四個人，前進的方向與我一致，我快走了幾步，趕上他們。那四個人中有一個年紀比較大，另一個則年輕些，紅頭髮，步伐輕盈，穿著燈籠褲，還有兩個男孩，我猜想是那個紅髮男人的兒子。我認出了那個歲數大的人，似乎是我的一個朋友，只是我現在不記得他是誰了。他笑著朝我點點頭，我便加入了他們的行列。我剛走近，年輕一點的男人就說道，「我想去看望一位太太，我的表姊，她就住這裡！」他是對身邊的人說，而不是對我，不過我意識到他所說的那個表姊就是阿迪·布朗小姐。年紀大一些的人對我說，「我來給你們介紹一下，」說著就向我引見那個年輕男人。他說，「這是拉德斯托克勳爵！」我們握了握手。我說，「知道嗎，我感到非常吃驚；我原以為拉德斯托克勳爵是一個上了年紀的人！」

我並不記得這個夢更多的內容；但是夢裡的情景一直非常鮮明生動，所以當我回憶時，總能在腦海裡重溫這個夢。幾分鐘後，十二月九日的《泰晤士報》被送到我的臥室，打開一看，上面發布了拉德斯托克突然死亡的消息。我根本不知道他生病，而且真的好幾年從未想過這個人；但是奇怪的是，他正是阿迪．布朗的表弟；阿迪．布朗曾經講了一些有關她表弟的趣聞給我聽，自從她去世之後，我想我沒有再聽誰提到過拉德斯托克這個名字，而且我從來就沒有見過他。所以，事實上在我做這個夢時，老拉德斯托克已經死了，而他的兒子，五十四歲的小拉德斯托克則繼承了爵位。我應該說，我在夢中見到的那個人年齡不超過四十五歲；但是我對這個人沒有什麼印象，只記得好像長著紅頭髮。

我沒有訂閱報紙，但是我不認為報紙上發布過拉德斯托克前一天因病住院的消息；實際上，他的死似乎相當突然，出乎人們的意料。如果說這不是巧合，那麼合理的解釋也許就是我的頭腦裡存在著某種心靈感應，也就是說，我與親愛的老朋友阿迪．布朗小姐心靈相通，因為她確實經常出現在我的腦海裡，而且你也許不得不假定她的心靈同樣意識到了表弟拉德斯托克勳爵的死亡。我並不是說這是唯一的解釋，但在我看來，這算是一個重要的神祕事件。

我的結論是（儘管不怎麼好），理性和道德能力在夢中處於懸而未決的狀態，所謂的夢，完全是一個人本質的原始部分在發揮作用。創造力似乎非常強大，充滿活力，可以將記憶中的各種素材捏合在一起或者大肆誇張；但是創造力所涉及的，主要是天真幼稚的情感、形狀與顏色、令人印象深刻的名人或要人、激動人心的非凡事件、一波三折的冒險經歷等等。例如，在趕火車的夢裡，我從來不知道自己到底要去哪裡，我此行的目的是什麼；夢到儀式場面時，我很少注意到那裡正在慶祝什麼。

我絲毫不能理解的是我會完全有意識地迴避頭腦的發明部分，尤其在觀察部分是那麼急切、警覺地意識到正在發生的一切的時候。此外，還有一個讓我弄不懂的就是，為什麼夢中鮮活的場景會在你醒來之後迅速消失，這奇怪的方式是什麼呢？如果你能在醒來時，憑記憶重新排練一下夢中所見到的情景，會發現夢境變得面目全非。如果你不抓緊回顧夢到的東西，夢中情景就會迅速淡出，而且，儘管你對自己在夢中豐富的冒險經歷還有一些模糊的感受，一兩個小時之後，似乎沒有什麼力量能使你復原自己所做的夢。夢醒時，我根本不能構思或想像出我在夢中所見到的奇異美景。我可以非常清楚地回憶起實際的風景，但我在幻象中看到的風景，其鮮明的色彩和奇妙的形態完全超出我的思考能力。

最為奇怪的是，夢裡的發明力似乎有一個範圍和強度，而你在醒著時，這樣的範圍和強度卻並不存在。

最後一點要說的是，我做過的夢從來就不具有什麼真實或重大的意義，也沒有在夢中受到過警告或者產生什麼預感，更不用說做過與生活問題有關的夢，哪怕是在最小的程度上。

但丁的《煉獄篇》裡有一段描述黎明的美麗詩句。他寫道：

那個時候
黎明將至，燕子悲哀地歌唱，
偶然地記憶起古老的悲傷，更新；
而我們的頭腦，更多地來自肉體的漫遊者

更少地帶著受限制的思想，可以說是，

在他們的夢裡充滿了神聖的預測。

我想，象徵性地解釋一個人的夢是有可能的；但是以我的經歷為例，我所做過的所有的夢似乎完全屬於我本身之外的另一個我，這個我是一個快快樂樂、無憂無慮、天真幼稚的人，充滿著生氣和好奇心，富有活力，無所顧忌，無論是展望未來還是回顧過去，都覺得心滿意足，不必負什麼責任或具備多麼大的智慧，只是享受著精力充沛的快樂，完全是無害、友好的，總而言之，就是那種追求享樂的人。這絲毫不是我清醒狀態下的性情；這種狀態和感覺有時會讓我不安，而且這比我所瞭解的更像我本人。

Chapter 10

幽靈訪客

我打算努力把一種非常奇特、非常難以捉摸的經歷寫出來，這個經歷可不是偶爾發生在我身上。我說不清是什麼時候開始，不過我第一次意識到這個經歷大概是在四年前。

這個經歷出現的形式是腦海裡產生的幻覺，轉瞬即逝，雖然不那麼清晰，但還不至於和其他場景混淆。幻覺中我看到了兩個人，那是一對夫婦，他們住在某個地方一棟新蓋的大宅邸裡。看起來，丈夫是個大約四十歲的男子，妻子比他稍微年輕些，他們沒有孩子。丈夫活潑好動，身體結實，長著一頭濃密、金色的鬈髮，和一樣顯眼的濃密鬍鬚。他的雙手骨架俊美、乾淨好看，而且看起來強勁有力。我遇見他的時候，他穿著粗糙、破舊的衣服，衣服的布料用的是淡色的、手織粗布。他的妻子皮膚白皙，人長得很漂亮，一頭棕色的頭髮。穿的嘛，在我看來，簡樸卻又相當別致。他們是非常正直的人，心靈富有，而且很有修養和品味。他們喜歡音樂、繪畫和讀書。丈夫沒有職業。他們生活在樹木繁茂的遼闊環境裡，我覺得那是蘇塞克斯郡的一個什麼地方。就像我在前面說過的，他們的房子是新蓋好的，磚木結構，抹著白灰泥，貼著瓷磚，門窗上方多配有三角形飾物或圖案；有兩個房間的窗戶很大，開得很低，是那種寬大的、飾有輻射狀窗條的凸肚窗，加上鉛條花飾的窗頂，讓這所大宅格外引人矚目。整座宅子坐落在一片高地上，占地有好幾英畝，很像某個大戶人家的私人花園或是領地，種著很多樹木，宅邸外還有一個開放式的小圍場，裡面長著大片青草。宅邸門前有條小徑一直延伸到大路上，你可以直接把車開進去，大門口有兩個磚砌的門柱，大門是白色的。宅邸右側的樹叢中隱約閃現著馬廄的塔式天窗。宅邸的前面是一塊錯落的園子，園子裡種滿了各式花草，園子的前面是一道低矮的磚牆，將園子與外邊的田地隔開。我能看清的只是宅邸及其周圍，但看不清裡面的人。

從外面看，除了一個房間之外，裡頭其他房間的內部擺設都模模糊糊。我不知道房子的前門在哪裡，也沒有看到樓上的房間。我唯一看到的房間很大，從外邊的大路上望去，位於宅邸的右側。它又大又低，牆上貼著白色壁紙，地面鋪的是鑲木細工地板，應該是設計用來做音樂房的。房間裡有一台大鋼琴，讓人看得最清楚的是屋子裡藏的許多書，它們被擺放在窗下幾個低矮的白色書架上，每個書架有三層格子；我覺得這樣擺放不太合理，因為取書很不方便，要想拿書就得彎下腰去，看來宅邸的主人在這個房間裡度過很多美好的閱讀時光。房間裡還有幾把矮扶手椅，上面蓋著亮麗、白底的印度印花布；牆上掛著好多幅畫，我看不清楚畫面，我猜應該是些水彩畫。遮陽的窗簾別具一格，明亮的藍色與矮扶手椅上的花布相映成趣。凸肚窗的下方環繞這低矮的窗台，座墊同樣是與室內風格和諧一致的藍色。但是在這個房間裡，我只看到夫妻兩人，而且他們總是形影不離；我似乎從未在這個房間看過別人。他們總是保持著某種姿勢，最常見的是他們一起站在窗前向外眺望，妻子總是親暱地用手挽住丈夫的胳膊。窗戶應該是朝西的，因為我看到那是日落的方向。

不管我正在做什麼，這幻象簡直就像是一幅畫，時常在我的腦海裡閃現。這幻象有時一個星期出現好幾次，有時好幾個星期也見不到一次。幻象出現的時候，我馬上就能認出這座宅邸；但我看不清夫妻倆的樣子，因為我看不到他們的表情或體型特徵，可不知道為什麼卻能看到他妻子臉頰上的紅潤和優美的輪廓。

根據我的經驗，在真實生活裡，無論是這座宅子還是這對夫妻，我從未見過；然而我卻能強烈地感覺到，這是一座真實存在的宅子，人也是真實的。對我來說，這似乎不是幻象，因為一切都是那麼逼真、準確。我覺得眼前的情形也不是我見過景象的結合。最令我好奇的是，一些幻象絕對清晰可見——我甚至能看清建築外平滑的灰泥牆，屋內的橡木房梁；而且我還能看出那男人衣服的布料和他的髮色；可無論我怎麼努力回想，還是記不清幻象中其他詳細的情景，這些東西好像都籠罩在某種薄霧裡，令我無法看穿。正是這點讓我確信這所宅子的真實性，讓我相信這一切並不是我的幻想；如果是幻想，我大可延伸想像我看見的景致，可以想出那些我看不清的空間裡的情景，但我卻做不到。例如，音樂室裡有一道門，有時候是敞開的，但是我卻看不到音樂室外的門廳和通向音樂室的過道。而且，即使我能十分清楚地回憶起那個場景，卻不能喚起對那夫婦倆的幻景。在看書或者寫作的時候，突然間我的腦海裡就會浮現出草地上的這座宅子；或者我滯留在音樂房裡，而那對夫婦則肩並肩站在窗前。

眼前實實在在的景象強烈地衝擊著我的視覺。如果他們能讀到這本書，我一定會請他們和我聊聊。我對他們的過去一無所知，但是我卻能清晰的瞭解他們的特性。他們沒有孩子，這也許是個遺憾，卻也有助於他們把各自的愛情傾注在對方身上。丈夫是一個安靜的人，很少矯揉造作，在生活中從不裝模作樣，只是按自己喜歡的方式過活。他沒有野心，淡泊名利，也沒覺得虧欠誰，需要負什麼責任。你在他身上找不到那種目中無人、冷漠高傲的感覺——他總是那樣和藹可親、溫文爾雅。他是一位知識淵博的人，很有素質，思維敏捷。妻子的藝術修養雖然比他遜色一些，但同樣具有非常高雅的品位，有她自己的喜好和評判標準。然而，她對這些東西並不太關心，因為有丈夫照看著；可我認為她並未意識到這點。他們的身體總是那麼健康，我看不出他們有任何煩惱。我強烈地感覺到他們夫婦那完美自然的高尚情操和對美好事物的本能喜愛。他們絕對沒有任何無聊卑劣的行為，完全不受任何疾病的侵擾，也從不覺得生活枯燥乏味。他們結伴遊山玩水，去過很多地方；他們設計和建造了自己的宅子。不過有件事我覺得滿奇怪的，那就是在幻景裡，我從來沒聽過那個房子裡傳出音樂之聲，也從未見過他們讀書；但是我卻確信他們把大量時間花在聽音樂和閱讀上。

如何才能解釋這一奇特的幻象？我感到很是困惑，他們是不是透過我寫的哪本書，無意識地與我建立起密切的關係？我覺得這是有可能的，當我看到他們手挽著手站在窗邊，也許我哪一本書裡的某些詞語打動了他們，他們習慣性地記住了；我想應該是那些描寫日落的片段，因為我通常在日落時分看到他們。但這解釋不了我在幻覺當中看到的那座宅子，我也從來沒有看到他們夫婦中有哪一個走出房子，而且有幾次我看到音樂室裡空無一人；如此奇特而清晰的幻象是如何在我的腦海裡形成的呢？

他們互相尊重、相敬如賓，這種感覺讓我深受感動；這一幻象真是太美了，總是讓我身心愉悅。我真切的感受到在與他們這種奇妙的接觸中所獲得的精神滿足。可惜，我只能在極短的瞬間記住所看到的場景，向來如此：他們夫婦倆就這樣手挽手地站在窗邊，然後轉瞬間就不見了。

意識到兩個非常獨特的人的存在，確實是一件非常奇怪的事，然而我卻毫無能力走進他們的思想。我們之間似乎還沒有過那種真實的接觸。可以這麼講，我雖在某些時候被允許看到這個幻景，但是我很肯定，我無論如何也不能對他們施加我的意志；我覺得他們的思想也從不曾專注於我，如同我不存在一樣，頂多只是專注於與我有關的事物上。

我需要補充一點。儘管我在夜裡經常做夢，並總有很強的能力把看到的情景形象化，但是我並不會受制於它，相反的，總想控制它；除了回憶和幻想，我在任何時候都沒有看到與此類似的幻象。

我堅信有通靈術或者心靈感應。我認為我們的思想總是會受到其他人思想的影響——無論是有意識的還是無意識的。在我看來，思想產生於精神媒介，在很大程度上會有交錯和轉移的情況。雖然我從來沒有認真做過任何確切的實驗，但是我常常有證據表明我的思想受到朋友的影響。這種相互的影響，就像是兩根電線以某種方式相互纏繞，整體的思維方式是那樣難以理解，很難說清是在什麼樣的條件下形成的。但是我得承認，我真的很開心，我常常在瞬間意識到的地方和人們都真實存在，切實有形，伸手可觸，甚至那些我沒有看到、也沒有認出的影像，仍深深地印入我的腦海，讓我和某種神祕的夥伴建立了關聯。對我來說，這種夥伴關係得到確立，是一種極大的樂趣；我寫的這篇文章也許會透過某種愉快的方式，向兩位我雖然看不到卻深愛的人傳遞著這樣的信息：即使我們之間從來就沒有像親屬那樣共度美好時光，但我仍然期待可以感受到他們真切自然的生活，優雅高貴的品味並收穫身心的安頓。

Chapter 11

那另一個

在以下的篇幅裡，我將努力「從深井裡打出水來」——就是從威廉．莫里斯在《世界盡頭的那口井》裡所描述的井。這是一種非常奇特而神祕的體驗，這種體驗並不經常發生在我身上，間隔的時間也很不規律；有時候幾個星期也難得碰上一次，而有時候一天光臨好幾次。當這種體驗降臨的時候，我並不覺得有什麼奇怪的，感覺也並不那麼奇妙；唯一讓人驚奇的是，這種體驗雖然出現得不怎麼多，但在當時似乎是浮華世界的真實景況；其他所有的事情都消失了，變得可有可無，微乎其微。讓我描述這種體驗的話，就像是看到某些不知名的小鎮的燈光，或者如同我們外出坐夜間火車，睡了一覺突然醒來，拉開窗簾往窗外看到的那樣：火車放緩了速度，你朝窗外張望，紅綠信號燈出現在半空中，而你正掠過一座沉睡的小鎮，空蕩蕩的大街上靜靜地亮著路燈；向下看，在一條長長的街上，可以看到一排排房屋延伸到街的盡頭；往上看，可以看到霧濛濛的天空，幾座隱約發光的高塔。一切顯得那麼神祕，令人產生夢幻般的感覺，你只知道人們生活在這裡，工作在這裡。接著，一陣睏意襲上心頭，你就又饑渴地進入夢鄉裡。

在我詳細敘述此事之前，我先說一下自己最近的心情。秋天裡，我獨自行走在風景如畫的田野上；我的四周是光禿禿的田地；在我的右手邊，是村子裡那大片鮮豔的金色和豆沙紅色的樹林；有著白山牆的村舍連成一片，金色的樹叢中矗立著一座高塔；此時已臨近黃昏，西下的夕陽似乎被一股力量緩慢地拖曳著向下落，渺渺輕雲在陽光的照耀下染上了紫紅色和鐵鏽色；我左手一側流淌著一條歡快的小溪，緩緩地親吻過燈心草的植物叢和柳樹根部。一切都那麼美麗、寂靜、超然。當時我正為一件事兒犯愁，需要我慎重考慮，以便在眾多的動機和意外事件中做出正確的選擇。我不得不走出來好好想想。我掂量了這個，又掂量了那個，權衡再三，我的思維似乎是被什麼東西羈絆住了，無論我做出何種選擇也擺脫不了當時的尷尬境地。我渴望去做的好像都是不對的，甚至會對周圍的人造成傷害。「是的，」我對自己說，「無論我做什麼，我總是希望能用不同的方式完成，現在就是這樣！可我卻無路可走。」而就在這時，一個深沉的聲音似乎在我體內說話，是那種強烈、平靜，甚至緩慢的聲音。由於我心緒不寧，這個聲音一會兒讓我愉快，一會兒又讓我惱怒。這個聲音說道，「如果你完成了推理和思考，那就讓我來決定你怎麼做吧。」接著，我們之間這種含糊不清、半口語半啞語的對話隨即展開。

「你是誰？」我說。「有什麼權利干涉我的事？」

那個聲音不屑於回答我，只是懶洋洋地大笑起來。

「我在努力尋找解決問題的辦法，」我有些不好意思，又有些不耐煩地說。「如果你願意，也許能幫幫我；我真的不知所措——我看不到出路在哪裡！」

「啊，你愛怎麼想就怎麼想吧，」那另一個聲音說道。「我不著急，我可以等你。」

「可是我著急啊，」我說，「我可等不了。不管怎麼說，事情必須馬上解決，不能再拖了。」

「時候到了，我自然會做出決定。」那個聲音對我說。

「是的，可是你不明白，」我說，半是惱怒，半是無助。「又是這個，又是那個，還有諸如此類的問題需要斟酌。我要考慮對其他人的影響；我還要考慮自己的立場——我還必須顧及自己的健康——要重視的問題有好十幾個呢。」

「我知道，」那個聲音說，「如果你想公平對待所有事情，我並不介意。我一點也不關心這個問題！我再說一遍，如果你想好了，我就會做出決定。」

「這麼說你知道你打算做什麼了？」我有點憤怒地說道。

「不，我還不知道，」那個聲音說，「但是時機一到，我就會知道該做什麼，你無須懷疑。」

「那麼，這就是說，我不得不按照你的決定行事了？」我有些生氣，但也感到了壓力。

「是的，由我決定你該做什麼，」那個聲音說；「你知道得很清楚。」

「那麼，我不辭辛苦做這一切又有什麼用呢？」我說。

「啊，你最好省思一下，」那個聲音說，「那是你的職責！畢竟你只是我的僕人。你必須算好估價和細節，然後由我來定奪。你當然得承擔你的責任——這完全不是在消耗你的時間和精力，所消耗的是你的煩躁和大驚小怪！」

「我感到焦慮，」我說。「我無法讓自己不焦慮！」

「真是遺憾！」那個聲音說。「這會讓你受到傷害，從某種意義上來說，也會讓我受到傷害。你知道，你讓我覺得不安，但是我不能妨礙你，所以我必須等待。」

「可是你能肯定你做的就是對的？」我說。

「我只做必須完成的事，」那個聲音說。「如果你的意思是說，我是否會後悔自己的選擇，是有可能，至少你可以後悔。但是這不會一直是個錯誤。」

聽到這裡我感到更加迷惑，而那個聲音卻沉默了下來，這時我可以得空四下張望一番。在與那個聲音對話的過程裡，我已走了一大段路，來到一條小溪旁。清涼的溪水嘩啦啦地湧入大橋那邊的一個池塘，而這個雲霧繚繞的池塘就像是一塊寶石。多麼美麗的景色！……這時，舊有的想法及困惑又再次出現了。「如果他那樣說，」想到阻礙我實施計畫的對手，我對自己說道，「那麼我必須準備好一個答覆

——對我而言，這是一個弱點；也許最好還是寫下來。人們往往是怎麼想的就怎麼說，而不是說出你想要說的……」

「你還在想嗎？」那個聲音問。「你在那裡已經不安地思考了好一會兒。對此我非常抱歉！可是我想不出你為什麼不明白！」

「你瘋了嗎？」我不耐煩地說。

那個聲音沒有理我。

「你似乎非常強壯，很有耐心。」我最後說道。「我想我有些喜歡上你了，而且我確信可以信任你；可是你激怒了我，而你又不願做出解釋。你就不能稍微幫我一把！你似乎待在我看不見的地方——我們之間好像有一堵牆。你就不能破牆而出或者探出身子？」

「你不會喜歡這樣的，」那個聲音說，「如此一來，我們彼此都會覺得彆扭，甚至痛苦；那會在很大程度上擾亂你的計畫。告訴我，你熱愛生活，不是嗎？」

「是的，」我說，「我熱愛生活——至少我對生活還有興趣，但是我卻不能確信自己是否真的懂得生活；我認為你有比我更好的生活觀。告訴我，你熱愛生活嗎？」

「是的，」那個聲音說，「至少我熱愛生活。你猜對啦，僅此一次；我喜歡什麼要比你喜歡什麼關係更大一些。你瞧，首先我信仰上帝。」

「我也信仰上帝，」我急切地說。「我已經達到了那個境界！我完全相信上帝就在那裡。這是一個需要爭論的問題，而我真的對此深信不疑，毫不猶豫。當然有很多困難——比如人格和動機方面的問題，還有罪惡之源的問題——對此我考慮了很多，也已經得出了結論；就是這樣。我可以透過類比的方法做出很好的解釋……」

牆的那邊傳來了笑聲，不是那種輕蔑的笑聲或者乾笑，而是那種帶著親切和同情心口吻的笑聲，就像父親和他膝蓋上的孩子在一起享受天倫之樂時發出的笑聲。那個聲音這時說道，「我見過上帝——我見到了。上帝就在這裡，就在我們身邊，不管你信或不信，上帝就在那兒。上帝不會像你以為的那樣來與我們相會……哎呀，你多大年紀了……我忘了。」

他的話讓我一時啞口無言，停了一會兒後，我說道，「你嚇了我一跳！你是誰？你是做什麼的……你在哪裡？」

那個聲音語氣深沉，充滿著溫馨的愛，似乎有點吃驚和痛苦地說著，「我的孩子！」

之後，我沒再聽到什麼；我回頭繼續考慮那些讓我放不下並感到焦慮的事情。不過，正如那個聲音所說的，隨著做出決定的時刻來臨，我毫無疑問地知道自己應該做什麼。

好啦，我已經用我所能找到的最貼近的、最簡單的語言講述了這一切經歷。我不得不採用聲音、笑聲和隔牆這樣的比喻，因為人們只能使用自己所熟悉的語言。但是所有這些都是真實的。你也許與上百個男人和女人交談過，在室內或者大街上見過他們的臉和他們穿的衣服；雖然你可以漫不經心地議論或者傳播些消息，但人家未必在乎你說了什麼，所以都不如我在幻象裡看到的那麼真實。真的有這麼一個人和我在一起，儘管我認不出他來，但我對他非常瞭解，在我的一生中就知道有這個人的存在，就他的選擇範圍而言，他與我形影不離，分享我所有的經歷。在我繼續多談一些之前，我再給你講一個經歷，那是在我非常不愉快，渴望逃避生活，悲慘地期待死亡時所發生的事。

此事出現在類似的情況下——我的頭腦裡進行著一場可怕的爭論：我得做些什麼才能回到幸福生活當中，向誰請教，去往哪裡，是否放棄我的工作，是否增加我的工作，如何搞好自己的飲食，怎麼樣才能不失眠，睡上個好覺。

「你能幫幫我嗎？」我一遍又一遍地對另外那個人說道。最後，終於盼來了答覆，聲音很模糊，也很遙遠。

「我病了，」那個聲音說，「所以我不能出來！」

這讓我感到極度恐慌，因為我覺得孤獨和虛弱。所以我說，「是我的過錯嗎？我是不是做了什麼不該做的事情？」

「我受到了打擊，」那個聲音說。「是你造成的——但這不是你的過錯——因為你是無意的。」

「那我能做些什麼？」我說。

「啊，什麼也別做，」那個聲音說。「你不要再打擾我了！我正在努力讓自己恢復，我會好起來的。如果你行的話，繼續玩你的遊戲吧，別再留意聽我的話。」

「我的遊戲！」我痛苦地說。「你不知道我現在很慘嗎？」

那個聲音歎了口氣。「你真是讓我傷心，」那個聲音說。「我現在虛弱無力，但是你可以幫助我，盡可能勇敢些。不要胡思亂想，也不要憂傷，我很快就有能力再次幫助你，但不是現在……啊，讓我自己待一會兒。」那個聲音補充道。「我必須睡覺，大睡一覺；現在該輪到你來幫我了！」

接著我沒有再聽到什麼；一天就這樣過去了。第二天早晨，陽光明媚，海邊傳來了海浪拍打鵝卵石的聲音，也傳來了那個聲音。那個聲音聽起來健康有力、快樂無憂，「我的病好啦，你已經完成了你的職責，親愛的！把你的負擔給我。我來替你承擔，現在該是你享受快樂的時候了！」

接著好長時間我沒有再聽到那個聲音，但是我的內心卻充滿了快樂，一個小時接著一個小時，甚至到了該睡覺的時候也毫無倦意，生怕自己睡著了，就會少過一分鐘我所熱愛的生活。

這就是我們之間的對話，那個聲音和我。但是我必須說明，那個聲音也不是隨時聽從我的召喚。我有時召喚他，但卻得不到回音；有時他會突然在半空中召喚我，出現在我的身邊。他似乎有他自己的生活，與我的生活很不一樣。有時候，當我覺得焦躁煩惱，他會悄悄地讓我高興起來，而那些煩心事也就隨風而去，就像風的腳步輕踏入水中；而有時候，當我感到幸福和滿足，他卻變得深沉、憂鬱、不高興了，也不理會我，於是我的心情也跟著悲傷和憂鬱。他比我強壯得多，他的感覺遠遠超過我的感覺，也比我的感覺更重要。我不知道他是如何忙於處理自己的事情，對此，我所知甚少，而最為奇怪的是，他有些變化，儘管很緩慢，很難察覺，但是他的變化比我在生活中所出現的變化更多一些。我認為自己根本沒有什麼改變。我說的要比我思考的好，我已經是一個比較有造詣的學者，掌握相當的技能；但是在思想和動機方面，與孩童時代的我相比，似乎並沒有什麼改變。而那個聲音在某些方面與我不太一樣。我只是繼續感知事物、記憶事物，有時候忘卻事物。但是他不會忘記；而正是在這一點上，讓我覺得自己幫助過他，就像僕人能夠幫助他的主人記住不得不做的一些小事情。

許多人一定有過與此類似的經歷。如同我在十幾本書裡看到了相同經歷的線索，丁尼生在寫〈兩個聲音〉時也見到過。奇怪的是，這並不能有助於一個人變得更強壯、更勇敢，因為我知道，假如我無所不知，我身上焦慮和謹慎的部分最終就會躺下來休息，那樣我就有可能悄悄繞開現在把我們分隔開來的那堵牆，投入到那個聲音的懷抱，與他緊緊相擁，不，遠不止這些！我將與他結合在一起，就像顫抖的水滴融入泉水，那將是一種幸福寧靜的享受。而且我知道，在這低垂的天空之下，沒有任何質疑和徬徨，許多現在對我來說難以理解的事情，或許都是我非常熱愛的……

Chapter 12

我的校園生活

1

回顧早期的歲月，可以肯定，到目前為止我的變化並不大——事實上是幾乎沒有什麼變化！無論是老年還是幼年，我內心的靈魂要素，點點滴滴，不管是什麼，都表明了我還是那個真實的我，還是原來的那個人：自信、沉著冷靜，冷淡地漠視塵囂，清楚什麼是自己必須做的。我做過很多事，經歷過很多，有很多收穫，快樂過，也痛苦過；但是無論我爭論過什麼、表達過什麼、試圖信仰什麼、目的在於什麼、希望什麼、恐懼什麼，這些幾乎都影響不了我生命的核心，反倒是那個奇特的、沉默寡言的、快樂的自我，才似乎起著至關重要的作用，使我在嘗試做的事情中扮演著沉默的、不那麼愛挑剔的觀眾。我的理智、我的判斷力、我的情感都得到了充分的施展；我能獲取知識，學習技能，可是內心最深處的稟性始終還在那裡，警覺的、敏銳的，兩手托著腦袋躺在床上做夢，觀察著，很少表示出自己是贊成還是反對某人某事。

在童年時代，生活也許要比現在更具有支配地位。生活以自己的方式安穩地進行著，至少就我的情況而言，我的頭腦在那些遙遠的日子裡是異常靜定的。天性使我全神貫注於觀察。羅斯金是唯一準確地描述過孩童經歷的作家，那個時候他就說，作為一個孩子，他幾乎完全生活在自己的視野範圍裡。我就是這樣。那個時候，我身體上唯一不知疲倦、處於興奮狀態的器官就是我的眼睛。品嘗、嗅聞、觸摸，每一種感覺都會增加我強烈的意識；不過，還是物體的形狀、樣式，和外觀讓我更感興趣，也占用了我大部分的時間和精力，讓我這個孩子一天到晚忙個不停。即使是現在，我的記憶能生動地準確描述的，還是我住過的房子、家裡的庭院、野草叢生的沼澤地、柴火堆，還有附近的一些村舍。我能看見蜿蜒小道、落葉松灌木叢、街邊的花壇和綠化帶、磚木結構房屋的樣式；而在自己的家裡，我記得那牆上的壁紙、傢俱、地毯和印度印花布的圖案，所有這些都絕對清晰地銘刻在我的腦海裡。

我就這樣生活著，年復一年，日復一日，時間在不經意間過去了；但是我記得自己絲毫沒有思索過所見到的這些東西怎麼會在這裡，為什麼會在這裡，也不覺得好奇。房子，各個房間裡的陳設，僕人，進餐時間，日常事務和消遣，被我想當然的認為就該是這個樣子，就是父母意願的體現。我從未想過對此提出疑問或覺得應當改變。生活對我來說就該如此。那時我沒有什麼強烈的情感，也沒有明顯的喜好。我的父母似乎對我很和藹，也很嚴厲。我沒有想過，假如我死了，父母是否會覺得特別悲傷。我覺得自己只是他們的一個擺設；而我的生活僅僅是得到了簡單的安排，所以我就該盡可能少妨礙別人，自己的事自己做，把一些小玩意據為己有，學著觀察一些物品的外觀，只是有些東西太大，我無法把它們拿來作為自己的所有物。

後來，我的哥哥去上學了。我不記得自己是否難過，思念哥哥的陪伴；事實上，我倒是很愉快地接受這額外得到的獨立空間。每當哥哥回家度假，我都挺高興的，但是並不特別興奮；那個時候我對哥哥在學校裡做什麼一點也不感到好奇，也不想知道學校是個什麼樣子。哥哥給我們講了許多同學和老師的事，但是這些離我太遙遠了，聽起來像是童話故事；接下來，隨著一天天長大，該我去上學的日子也越來越近了，但我沒覺得有什麼興趣或好奇，也不覺得興奮或渴望。我想，那時讓我高興的是額外收到了一些禮物，也意識到書包和行李箱裡的物品都是我的。這一天終於來到，我就像白色薊草種子上的冠毛飄進了一個很大的世界。

2

爸爸媽媽帶我們來到學校。這個地方位於莫特萊克，學校叫坦普爾．格魯夫，距離里奇蒙德公園不遠，景色很不錯。那個時候的莫特萊克不比老式的村落大多少，不像併入倫敦之後那樣，有許多街道和一排排郊區住宅和別墅。當時這個地方矗立著一些龐大的宅邸，到處都是高牆，裡面種著高聳的雪松和栗樹，門口豎著古典式的門柱。這所坦普爾．格魯夫學校，是為了紀念同名的政治家，他曾經是著名作家斯威夫特的贊助人。這是一座龐大、堅固、漂亮的學校，裡面有好幾個大操場和很多雅致的樓房，用的都是上好木料。教室和宿舍與主樓相連，修建得非常結實，也很寬敞。整個建築高貴莊嚴，但同時又是那麼樸素。我們來到學校，先進去見了校長沃特菲爾德先生。他身材修長、英俊大方，給人留有深刻的印象，長著鬈曲的頭髮和鬍子，一雙眼睛炯炯有神。這是一位優雅的紳士，十分健談，雖然有時顯得有些不必要的嚴厲，但確實是一位卓越的教師。他的樣子使我聯想到自己的父親，因為那個時候我父親就是威靈頓學院的院長，很顯然也是受到人們尊重的人。不過，沃特菲爾德作為我們家的世交，他還是以某種對等的身分會見我的父親。我的父母被邀請與校長一家人共進午餐。我和哥哥則因為是學生，只好退出來去學校餐廳就餐；哥哥顯然在這裡有許多朋友，而我則羞怯地、不知所措地被領到他們中間。餐廳裡有一百多個男孩子。在我看來，他們當中有些人比我大得多，也比我強壯；不過，哥哥的這些朋友對我都很友好，因此一開始我還以為這裡會是一個可以令我開心快樂的地方。到了下午，我的父母要回去了，我和哥哥去車站送行；在向父母說「再見」時，我並沒有什麼特別的感覺，學校生活對我來說似乎會很愉快，很容易應付。但是當我和哥哥走在回學校的路上，望著道路兩旁圍著高牆的庭院，最初的陰影落了下來。哥哥莫名其妙地沉默下來，慢騰騰地挪動著腳步；突然，他把身子轉向我，以我從未聽過的悲戚腔調對我說，「又要在這個倒楣的地方待上十三個星期了！」

我被安排在與我年齡不太相符的高年級班。在一個大教室裡，有四名老師，他們面前有一個講課用的講台；教室裡對稱地擺放著幾排帶鎖的課桌，其中一些桌面上留下明顯的刻痕或鑿痕，一個大壁爐用鐵條隔開；通過了規定的入學考試後，有人帶我穿過教室，來到一個老師面前。這個老師是個矮胖子，有些自負，蓄著落腮鬍，鼻子發紅，穿著短長袍，看起來樣子有些急躁，但性情還是溫和的，他當時正在課堂上滔滔不絕地講著什麼，而我就被交給他，由他來照料了。一切安排妥當：我有了自己的座位，也清楚自己的職責；隨著一天天過去，我的校園生活也逐漸有了模樣。我在高年級學生宿舍有了一個小隔間。學校裡的餐廳很大，可是氣味難聞，我們就在那裡吃飯；還有一個大圖書館，挺舒適的，我們可以坐在那裡看書學習；圖書館外邊有兩三個板球場，一個用來操練的、鋪著沙石的場地，一個體育館。體育館那邊就是被我們叫作「體育場」的地方，不僅那時候，即使是現在，在我看來那也算得上是一個很漂亮的地方。整個體育場經過精心設計；那裡有一大片低窪的草坪，曾經有一面湖，一片灌木林，還有幾條蜿蜒的小路，毀壞的房屋，古典式的門廊，在樹木茂盛的高地上面是家庭菜園和用來放牛的小牧場；兩邊都砌有圍牆和柵欄，與其他一些大宅子隔開，那些大宅子看起來都十分宏偉、神祕。而我的生活就要在這小小的空間裡度過了。

要想看到外邊的世界，唯一的機會就是禮拜天前往一座現代教堂。那座教堂不是一般的醜陋，簡直是俗不可耐，在那裡進行的禮拜儀式也令人厭煩；學校偶爾也會允許我們帶著零用錢去鎮上一些小店買東西；有時候我們去里奇蒙德公園散步，一位和善的老師領著我們十幾個男孩。公園裡的花草樹木和成群的小鹿，對我來說，都是那麼朦朧和漂亮。

很快的，我的心平靜下來，意識到這是一個可憎的地方。不過，無論從哪個方面講，我從未受過欺負或騷擾。這裡的道德風氣難以置信地好；我在這裡的兩年時間，從未聽過什麼邪惡的話或看到過邪惡的行為，所以當我離開這所學校時，我還是與入學時一樣純真無邪。

不過，這是令人感到恐怖的荒涼之地。這裡有許多我們並不清楚的條例規則，你在無意當中就觸犯了。我記得，我在那裡沒有結交上一個真正的朋友。我是還滿喜歡幾個男同學，但那完全是為了保護自己，不讓自己的內心生活受到干擾。功課對我來說總是很容易就能完成，老師們性情溫和，很有能力。但是我卻整天想著假期——家已經變成了遙遠的、天堂般的好地方；我記得，夏日清晨醒來，聽著附近庭園裡孔雀的尖叫聲，我就想到了這裡嚴厲、刻板、按條例做事的日常生活，真是令我厭惡；沒有人關心你，所要做的功課枯燥乏味，沒有什麼事情能讓你享受到樂趣或滿足你的興趣。學校裡也有一些體育活動和遊戲，但是因為組織得不好，我很少參加。空閒時我就去操場漫步，不過我記得最讓自己高興的，還是在圖書館裡埋頭看書，全身心地投入到想像之中。

這個地方管理得很好，我們的膳食也很衛生，有益健康；不過這裡有非常奇怪的一種禁忌，學校認為我們必須吃許多我們並不喜歡吃的東西。我原本食欲很好，但是這裡的慣例是，做出來的食物你說不出來有多麼難吃，總是摻兌了什麼雜質，其理論是這裡的人不能吃得太飽，只要能維持生命所需就夠了。比如說，有的日子校方會為我們提供美味的西米布丁，但是不許任何人去吃。約定俗成的規矩是必須把布丁塞入紙袋，飯後丟到操場上去。我不知道老師們是否看到了——他們從未對此提出任何看法——而我卻覺得這麼做太可惜了。結果你的物質生活雖然很豐富，卻要挨餓，而食物則變成了生活的一種偏見。

那個時候我是一個纖弱的男孩，經常被送到校衛生所，要嘛是傷風感冒、咽喉疼痛，要嘛是因為其他一些小病。衛生所就在莫特萊克，是一幢老式的小房子，而護士長路易莎是我們學校的一個老僕人；路易莎是我在那裡唯一用真情對待的人，去衛生所就像是去樂園。我可以待在一間舒適的房間裡，而路易莎總是擁抱我，悄悄地吻我，給我做一點必要的診治，還給我一些好吃的東西，然後領我出去散步。在衛生所圍牆裡的小院子，我度過了很多愉快時光。有時候我在黃楊樹下漫步，有時候我透過窗戶望著外面的街道，看著對面的雜貨店掌櫃忙著在櫥窗裡擺放貨品。

至於其他事件，悲劇的或喜劇的，我能回想起來的很少。我見過一個笨男孩極度恐慌地被人使勁兒地鞭笞，那情景讓我心生恐懼。我還記得一個脾氣暴躁的學生因欺負同學而接受「學校鞭打」。男孩子們在大教室裡排列成行，那個犯錯的男孩不得不承受夾道鞭笞。他痛苦地向前走著，挨著雨點般的擊打，面容扭曲，還掛著淚珠。我記得自己也勁頭十足地加入其中，儘管我幾乎不知道那個挨打的男孩做錯了什麼事。有時候，我們有機會和一些老師在房間裡融洽地待上幾個下午；但除此之外，學校的整個生活枯燥乏味，處在經常挨餓的那種狀態，做什麼事都要依據規章制度，沒有友愛，沒有冒險活動；我在一個小日曆上劃分出假期，僅僅是以一種算不上恬淡寡欲的堅韌態度，下決心把真實的自己、自己的思想、自己的感覺隱藏起來，不讓別的同學知道。我幾乎不知道自己在害怕什麼；我的目標就是絕對不能惹事，自找麻煩，別的同學做什麼我就做什麼，盡可能做一個最普通的學生，避免引起別人對自己的注意。我很奇特地把遇事冷漠和神經過敏混合在一起。我一點也不在乎別人怎麼看我，我也沒有什麼野心，不希望得到別人的喜歡，或者取得什麼樣的成績，抑或給別人留下什麼深刻的印象；與此同時，我對哪怕是最輕微的批評或者嘲笑都十分敏感。現在看來，我也感到奇怪，我怎麼會如此強烈地仇視那裡的生活，牴觸情緒那麼嚴重，因為我從來沒有受過任何傷害或者不公平的對待；不過，如果那就是生活，只能說，我還是不喜歡！我沒有可信賴的人；我不想得到信任，也不想給予別人信任。一個學期的學習只是家庭生活的一個沉悶的間奏曲，冷漠地得過且過，只要能讓自己順利度過就行。

我在那裡讀了兩年書；我還記得自己和哥哥最後告別這裡的情景。我再也不想見到或者聽到關於那裡任何人的消息——老師、校工，或同學。這情景頗有點像「謝天謝地，我可以不用再見到你」那種情況。我記得，當我最後望著學校的高牆、屋頂、高大的門柱和挺拔的雪松，我是多麼欣喜若狂，期待自己重新過上美好的生活。重新獲得自由後，我可以嘲笑學校的昏暗恐怖，但是我絲毫沒有感激之情或忠誠之感；雖然我得到了如此多的體貼照顧，我卻只是麻木地接受，從未想過這些好心的行為是出於什麼樣的情感和利益，只是把這些當作我的長輩或年長的同學莫名其妙的選擇。我們在學校衛生所停了一會兒——至少這裡曾經是讓我感到愉悅的地方——我眼含熱淚撲向路易莎豐滿的胸懷，與她緊緊擁抱，而路易莎對我如此高興離開這裡，稍微覺得有點遺憾。

我不認為那裡的生活合乎情理、健康有序，給我帶來什麼益處。我在家裡是一個非常開心愉快的男孩，但是不太具備犯難精神，沒有男孩子那種不守規矩、吵吵鬧鬧的奔放性格。我很害羞，也很敏感，但是我懷疑，所有的興趣、樂趣和情感就這樣完全地處於饑餓狀態，是否會讓人感到愉快。這使我懷疑生活，對生活不感興趣；我不喜歡這裡喧鬧的聲音、好鬥的嬉戲、粗劣的味道；真實生活——那種富於觀察、富於想像、富於夢想、富於幻想的生活，已經被驅趕到了角落裡；你在這裡也許會招致嘲笑、憎恨、嚴厲的懲罰、厭惡、刺耳的責罵，而且這樣的感覺瀰漫在空氣中，讓你產生很不自在的恐懼感。我走了，給這裡留下的印象是自私、有能力（因為我非常輕鬆地拿到了伊頓公學的獎學金）、單純、幼稚、困惑、完全沒什麼抱負。在我看來，這個世界似乎是一個又大、又吵、又蠢的地方。我敏銳、細膩的內在感覺（我已經說過了）幾乎沒有得到喚醒；這種內在感覺其實是對人性最初的認識，但是我卻不喜歡；我的內心世界仍然是孤獨的、沉默的，繼續尋找著其自身的出路，而且完全沒有意識到我需要與其他人建立起某種關係。

3

接著，我來到了伊頓公學。走進這個大學校，我再一次飄浮著，陷入輕微的迷亂當中。我從來沒有意識到像伊頓公學這樣規模之大——我入學時，這裡已經有差不多上千名男孩——也會是令人不舒服的因素，即使是最低程度。實際情況是，伊頓公學的運作大體上更像是一所大學，而不是中學：每一座建築就像是一所學院，有自己的傳統和管轄權。住在不同學院裡的男孩相互之間很少來往，而且他們本身就本能地不贊成與外邊的人建立聯繫。同一宅子的低年級學生玩在一起，並且很多時候在一起做功課，過著那種平平淡淡的集體生活。大家心照不宣，誰都懂得一個男孩子應該與他同一學院裡的同學站在一起，同呼吸，共命運，如果他在外邊交了許多朋友，他通常就會成為不受歡迎的人，因為他會被認為是在尋找智力低下的夥伴，對他沒好處。即使是在同一個學院裡，不同年齡的男孩子們相互之間也少有交情；每個學院都被平行地劃分成不同區域，所以這不是一個混亂的群體，而是一個界限明確、由一個個小圈子或小組所構成的集體。

此外，我在伊頓公學的時候，那裡還沒有哪個地方能夠容得下學校的全體人員，所以我從來沒有機會看過全校集合的場面。學校裡有兩座小教堂，而教室的分布卻相當分散，如果校長需要向全校師生講話，他甚至不會邀請低年級學生，即使是高年級學生，也不會被迫參加會議，所以高年級的學生並不一定會出席，除非哪個學生有興趣去聽校長演講。

我是拿獎學金進入伊頓的學生，獲得皇家獎學金的七十人裡就有我一個；我們住在古舊的房子裡；我們的食堂是一個宏偉的哥德式大廳，已有四百多年歷史，木製屋頂，敞開式壁爐，牆上掛著一些從伊頓公學畢業的名人畫像。在公開場合，我們穿著布長袍；在教堂裡則身著白袍。學校裡的一切都是那麼高貴莊重，但是當時我們的伙食卻很不好，生活中所受到的照顧也很少。這裡有許多古老而怪異的習俗，但是人們都很自然地加以接受，從來不會去想這些習俗有多麼古老或者多麼怪異。

例如，在我初抵達的時候，低年級學生，每次三個，服侍六年級學生用餐，被稱作「從僕」，得幫忙遞盤子、倒啤酒，如果穿著長袍、坐在餐桌一端的學長要切肉，從僕還要幫忙扯住他們長長的袖子。這種慣例因為有辱人格，在我到校後不久便被廢除了。但是我們從未想過這根本不是什麼有趣的事；看著大人物用餐，聽他們閒聊，真的讓我們很開心。我還記得，在我上六年級時，在餐廳用餐的西敏寺學校教務長親切而堅定地對我說，必須注意梳理頭髮，保持雙手潔淨，現在就要為將來在公共場合露面塑造自己的形象！

我們得到了年齡大一些的高年級學生父親般的親切關懷；我被分配給雷金納德・史密斯先生做「苦工」（他現在是我的出版人）。我必須為他準備洗澡水，洗完澡後為他清理浴盆，為他泡茶，為他烤吐司，早晨叫醒他，還要為他跑腿。而回報是，如果晚上低年級宿舍嘈雜，我可以被允許留在他的房間裡安靜地做完功課，或者我在學習上遇到了問題，他總是非常願意幫助我。由學長幫忙完成作業成了平常之事，所以當我的指導老師在我的詩裡標出母音的長短錯誤時，我憤憤不平地對老師說，「什麼，老師，這可是我的學長寫的！」指導老師大笑起來，說道，「代我向你的學長致意，轉告他senator的第一個音節是短的！」

低年級宿舍挨著六年級宿舍，中間只隔著一條走廊，不過我們住的是大房間，裡面隔成一個個小隔間，而高年級同學住的則是大單間。我們的宿舍非常嘈雜，裡面有一個很大的開放式壁爐和一張大橡木桌子。如果我們的吵鬧聲過大，六年級學生就會出來干涉；我記得有一次我和一個同學（他現在是聖保羅學校的教務長）一起被高年級學生用笞杖非常輕地打了幾下，因為我們用舊的吸墨紙燃起了一小堆篝火，結果弄得滿屋子煙霧瀰漫。

「自由活動」在許多私立學校是件令人驚訝的事情。我們也是不得不在某些時刻出現在學校裡，但是次數並不是太多；一些額外的功課是在私人指導教師的帶領下完成的；但是那裡並沒有人監管，我們的本職就是按時預習功課，完成作業。溫莎城裡的小巷和邊道是不准我們去的，但是我們可以去那裡的商業大街，而且可以不受限制地前往城堡、公園和周邊的鄉下村落遊玩。趕上半天休假日——每週三次，但得先接受點名，我們可以有三個小時的下午閒置時間，想去哪裡就去哪裡。聖徒紀念日或者某些週年紀念日則全天放假，我們從早到晚皆可自由活動。這個時候我最喜歡去的地方就是學校古老的圖書館（現已不復存在），我可以在那裡看書。我在那裡度過許多美好的時光，茫然地瀏覽著一排排書架上的書。我清楚記得，就是在圖書館裡見到了柯曾大人，當時他和一位貴族成員正站在壁爐旁討論某個政治問題。他們深奧的知識和高雅的談吐，讓我驚歎不已。

但在許多方面，學校生活還是非常封閉，幾乎與世隔絕；入學後的很長時間裡，除了十幾個與我一起上課的男孩外，我幾乎不認識其他同學。我也只認識與我同一宿舍相鄰隔間的男孩，住在其他宿舍裡的男孩我都不認識，相遇時頂多打個招呼。你從不會想到與哪個偶然相遇的同學攀談，除非你認識他；還有一些我以前就認識的人當時也在學校，我卻從來沒有與他們說過一句話。

雖然學院裡有一個導師，他帶領我們做晚禱，我們遇事可以向他請假獲得批准，也可以向他請教與學業有關的事，但他幾乎不參與對學生的懲罰。懲罰的事全部掌握在六年級學生的手中。他們維持秩序，張貼公告，並被允許使用鞭笞，甚至制定懲罰的方式。從未有人想過求助老師來反對他們，而他們的權力也從來沒有濫用過。不過，你在學校的任何地方都很少能看到公開的懲罰。老師不許體罰學生，但老師可以做出懲罰的決定，比如學生有不良行為或者懶散，就會被送到校長那裡接受鞭打。但是這裡的懲戒是本能行為，而且民意的力量無比強大。人們憑直覺就知道什麼事可以做，什麼事不能做。無論如何，每個人對自己的行為與眾不同或者怪異離群的這種恐懼感還是十分強烈。學校裡有兩三個管理很差的地方，那裡的組織和開展過的活動都很糟糕；不過就公共秩序的管理而言，整體上還是挺完美的；男孩舉辦自己喜歡的活動，管理自己的事務；強烈的從屬感滲透到整個校園，而且伊頓公學的格言，即一個男孩應該學會瞭解這裡，至今仍然有效，沒有任何的強制感或者約束感。

我不認為那裡的教育制度有多好。我在那裡讀書時，除了古希臘和古羅馬文學、數學，還有神學，其他方面的知識講授得很少，比如說法語、自然科學和歷史；整個課程的核心就是純粹的古典文學。我們用希臘語和拉丁語寫下了大量的作文，而拉丁詩體的練習讓我獲得了相當多真正的樂趣，也培養了我善於創作的自豪感。想偷懶也行，你可以在做練習時違反規定去找其他同學幫忙。學校裡大部分的功課是由閱讀經典書籍構成的，存在著重複現象，所提供的解釋乏味單調、不夠緊湊。我在課堂上很少努力專心學習，能讓你振奮的老師也不多。我需要嚴格細緻的講授，所以我只能從私人指導老師那裡學到一些東西；除此之外，你也不會得到老師對你個人的特別關注。最終的結果是，少數有能力的學生後來成為精通古典文學、卓有成就的學者；但是有相當多學生其實沒有真正受過教育；各年級的學生人數太多，不可能得到實際有效的監管；只要你適當地完成作業，靜靜地坐在角落裡，就可以快活地一個人待著，不會有哪個老師打擾你。我們經常「挖坑道」（這是當時對偷看課外書的一種稱呼），儘管不那麼流行；一些有抱負的同學刻苦學習，而我們大多數人則過著無憂無慮的生活，只求及格。很長一段時間，我對自己所學的課程沒一點兒興趣；不過我私下裡讀了大量的英文課外書，並用拉丁語和希臘語寫詩，但對這種詩體只是有些模糊的認識，而且格式也非常不準確，所以在這方面並沒有真的掌握到什麼知識。

隨著我在校園裡一天天長大，初步的社會價值觀也在逐漸形成。坦白說，我們都是民主主義者。學校裡有許多貴族子弟，其中一些還擁有爵位，但是沒有誰對此產生哪怕一點點興趣。後來我驚訝地發現，儘管最初我對貴族階層並沒有概念，學校裡有些同學的名字我卻早有所聞，只是不知道他們和我在同一個學校裡讀書，還是我的同學。無論我們擺脫的是什麼，不管怎樣，我們都不是勢利小人。構成我們上層社會的東西是體育活動，純潔簡單。出色的運動員是這個地方的英雄，而學校的俱樂部叫作聯誼辯論俱樂部，大家在這裡選出主要的運動員，他們享受著絕對的霸權，維持著學校室外活動的紀律。事實上，如果遇到大型比賽，學生們就會被列隊站成一排、手執笞杖的俱樂部成員擋在線外，如果學生越過界線，他們就會向人群揮鞭猛打。學生在學校裡的社會地位完全由體育活動來界定。也許你很聰明、和藹可親、討人喜歡、有男子漢氣概，是一個優等生，但是如果在規定的體育項目上不及格或成績不好，你在伊頓公學就什麼都不是了。從某種意義上而言，這種對體育的重視是有益於學生健康的；但是一個擅長體育的壞學生完全有可能對學校的人文環境造成非常不利的影響，這樣的學生往往不會受到批評。他們的素養水準雖然不高，但是還不至於到相當惡劣的程度。一個男孩的私生活是他自己的事，而公眾輿論並不能施加某種特別的道德影響。儘管我本人厚道老實，但仍感謝上帝讓我在伊頓公學期間從未遭遇惡勢力的困擾。談話的氛圍是隨便寬鬆的。公開表達反對意見就會被認為是一本正經；儘管某些宿舍內某些群體的聲調毫無疑問地是不怎麼樣，但男孩的成熟感貫穿在這個地方，即男孩有權獨立，受不受歡迎的生活方式更像是個人的選擇問題，而不是一件需要強制的事情。這樣的事實更像是一面鏡子，只是這面鏡子與我所聽說過的其他學校相比，所反映的世界要大得多。據我瞭解，沒有哪個學校能如此自由，令我印象深刻，很奇特，超出人們想像的樣子。這裡沒有類似廣播這樣的東西傳播各種事件或事故的消息，這一點被認為是學校生活的特色：人們習慣於事情發生過後很久才聽到相關的消息，或者根本不想聽到。這裡有謠言、有傳聞，但是我想像不出還有什麼地方的學生具有這樣孤獨和不善社交的特徵，對正在發生的事情完全無感。這是一個高度個人化的場所；如果你能遵循表面上的那些慣例，就像我做的那樣，你就可以過著非常平靜、近乎隱居的生活，看書，四處閒逛，與幾個合得來的朋友沒完沒了、熱切地閒聊，完全沒有意識到你做的什麼事情正在完成。只要你脾氣夠好，為人隨和，你就完全不會受到任何煩擾，無論是在教育方面還是在社交方面。

因此，對頭腦固執、富有獨創性的學生來說，這是所很好的學校；而對那些墨守成規、不喜歡思考的學生而言，這裡很容易把他們培養成傳統型的人：舉止文雅、敏感、精明能幹、處世能力很強，只是被培養出來的許多價值觀是錯的。這也許會讓學生過度高估體育活動，輕視課程知識，崇拜社會成功。他們容忍的態度是錯誤的，我是說那種容忍道德失誤的態度，而且他們還輕蔑地看待思想觀念和精神創意。學校裡的寵兒是那些快樂的、謙虛的、守紀律的運動員。老師們願意和這樣的學生交朋友，因為這種良好的相互理解有助於維持紀律，而且他們還是令人愉快的、興高采烈的夥伴。那些有個性或有力量的學生，除非是運動員，否則往往會被人們忽略。這裡的管理理論就是不干涉，缺乏熱情和鼓舞。校長是霍恩比博士，後來還擔任過某大學的學院院長，他是一位謙恭、英俊、高貴的紳士，一位優秀的牧師，也是我聽過最有魅力的演講者之一。我們尊敬他、崇拜他，他對學校裡的老師瞭解得很少，也從不施加其個人的影響，學生們卻覺得他是一個很有影響力的人。他無比謙虛、無比文雅；他從不大聲斥責或訓誡學生；我從未聽他說過什麼不好的字眼；可另一方面，他也從未呼籲我們做什麼，或者要求得到我們的幫助，或者急切、憤慨地評論任何事件或流行趨勢。他憎恨邪惡，可一旦碰到類似的事情發生，卻又閉上眼睛裝作沒看見，寧願認為不存在這樣的事，完全是一種逃避的態度。學校裡有些老師，他們形成了自己的圈子，按照自己的生存方式行事，展現出比較鮮明的特性；但是整個校園的風氣，與感情、激情之類的情感格格不入，缺乏令人振奮的氛圍；滲透在人們頭腦的完美典型是自我克制、遵守秩序、行為端正、熱愛體育運動。

當我快要結束這裡的學習生活時，我已經能夠適應有關的差別。我開始私下閱讀古典文學，升入六年級後，我甚至還被選入聯誼辯論俱樂部。可我總是缺乏冒險精神，甚至有點羞怯。我的個人生活風格透過閱讀和交談逐漸成形，並覺得生活的中心已經不知不覺地從家裡轉移到了學校。但是學校的生活體驗，並未帶給我任何深刻的愛國主義思想，任何無私的雄心壯志，任何能夠激勵我在世界發揮高尚作用的願景。我可以肯定，這既是我本性所致，也是這所學校宣導的精神對我造成的結果。但是這裡的精神是強而有力的，讓我學會了默認理想的禮儀，理想的順從，理想的有規律的、謙恭的、缺乏熱情的生活。

離開學校是件讓人感到悲傷的事；你的根深深地扎在這裡，盤繞在這裡的土壤裡、這裡的教室內、這裡的記憶中，還有這裡的愉快時光——因為最為重要的就是愉快。在剩下的最後幾個星期，許多循規蹈矩的同學卻讓人感到意外的流露出各種各樣奇特的情感；而且我們還有一種沉悶的預感，好像生活走到了盡頭，擔憂未來的生活不會那麼激動人心、充滿光明。我收拾好行李，向老師和同學們道別，分發禮物，然後乘坐四輪馬車離開學校。過橋的時候，我望著橋邊我喜愛的運動場、場地上的草坪和榆樹、橋下流淌的河水、橋那邊城堡式的學校建築、古老的紅磚牆、角樓、高高的小教堂尖塔及其巨大的扶垛，美好的七年時光就是在這裡度過的。我記得，當時我突然無所顧忌地哭了起來；雖然我沒有因為自己的失敗、閒散、空虛的安逸，或者任何不健康的思想而感到後悔，但我對所有這一切卻深感內疚。我真的希望那個時候應該懊悔！可是當我把如此平靜、如此快樂的生活留在身後時，卻只是表現出感謝之情、欣喜之情和悲痛之情。未來的世界在我看來，似乎給不了我極其想要做的什麼事，或渴望獲取的東西；而此刻的這扇門卻已關上，一個華美的篇章業已結束，一段悅耳的音樂戛然而止，而所有這些將不復存在……

這是三十五年前的事。從那時起——無論是作為小學校長還是作為指導教師，我都會明白無誤地看待這段經歷——一種不同的思想意識已經形成，這就是合作意識與社會責任感，更大的為國效勞的思想形成之旅，雖然沒有大聲宣傳，卻深深地在心裡扎根，完全消除了我童年時代散漫的個人主義。這是一種只有從每個人的內心才能感覺到的成長，並不僅僅是學幾門專業課程就能奏效的。我認為，布林戰爭已經展現出這種精神，而我們眼下正在進行的這場戰爭已經證明了這種精神的成熟力量。這種力量部分是由組織聚集，但更多是透過寬厚的自我犧牲的偉大理想。在任何情況下，這都是偉大而高尚的成果；這種精神會有這樣的成熟果實，我滿心歡喜；我們需要這樣充滿勇氣、公正無私、剛毅不阿的公義精神。

Chapter 13
作者的身分

1

接下來的一篇散文隨筆是〈魔草和三色堇〉，主題是一個奇特有趣的試驗。我第一次想到這個主題時，覺得它很有啟發意義，一個很有實質內容的靈感。作者也許不該對自己的作品進行評論，但它潛在的主題是：生活中，我時常受到一種緊迫感的困擾，有時這種感覺斷斷續續，有時則接踵而至；我覺得自己像是在尋找不知何故丟失的東西；努力忙於重新找回某種情感或是期望，毫無疑問的，我曾經擁有過這樣的情感和期望，但卻忘記或遺失了。有時，我覺得自己正走在路上，沿著正確的方向追尋著這些東西，不久前我似乎還將它們緊握在手中；有時，我覺得這些東西伸手可觸，只是它們躲在薄薄的面紗後面，讓我無法看清。我知道很多人和我有著同樣的感覺，而且正是這一點構成了紐曼的詩〈慈光歌〉裡那非凡、感人的魅力。奇怪的是，儘管這首詩曾被人們曲解和誤會，但是沒有人能夠否認它的優美。在這首詩裡，神學家紐曼僅用了一些精緻的詩句就概括了一切。我們僅憑這首詩結尾的兩行就可一窺它的魅力：

晨曦光裡天使和藹的笑容
多年心愛，何需一時重提。

我希望紐曼並沒有寫下「天使和藹的笑容」，因為這似乎將創作仍然局限在他職業神學家的範疇內，說真的，我期待紐曼在詩歌創作上能擺脫這樣的限制。我們不能過於盲目，以至於看不出先入為主背後的實質，這就像是一塊圖案精美的掛毯，它裝飾著是一個人內心思想的密室；我一點也不懷疑，無論紐曼說什麼，他所指的，與我所指的是同樣的意思，只是他運用了不同的符號和表達方式。

同樣，我們在華茲華斯的〈不朽跡象頌〉中找到了相同的思想，即生命並不局限於生死之間，一個人的經歷要比僅靠回憶錄記下的東西廣泛豐富得多，也久遠得多。人們失去的正是這個；藝術最偉大的神祕之處在於這樣一個事實，即一幅畫、一節突然而至的音樂片段、一本書裡的某一頁有時會讓你感動、情不自禁，你會對其中的隻字片語產生共鳴，會強烈意識到其中所描述的情感，自己以前似乎在什麼地方聽過、見過，而這種感覺遠遠超出了眼前可見的視野。

好吧，我試著把這個想法寫進了〈魔草和三色堇〉，部分原因在於這是一個深沉而模糊的思想，另一部分原因就是這個想法讓我十分著迷，所以我不嫌麻煩，花費了比以往更多的時間來描寫這種體驗。

我曾經突然異想天開地產生一個古怪的念頭，並做了一個試驗。我想，應該可以把自己寫的東西匿名發表出去，權當是投石問路，看看是否仍有人讀我的作品，或者能否察覺出披著偽裝的我。透過出版社的一個朋友，我匿名發表了自己的作品。在這本書的印刷排版上面，我選用能找到的最好的紙張和最漂亮的鉛字；我大大地投資了一筆經費，開銷遠遠超出了這本書最初的預算。而後我把作品寄給報社，讓他們做出評論，我甚至還把書送給了我在文學圈裡的幾個朋友。

令我感到困惑的是，試驗的結果讓我倍感羞辱。有家報社的評論還算是溫和，只有一小段，說我的作品還有點用處；另一家報紙則說作者在文中過多的使用了one這個詞；與此同時，甚至只有一個朋友對我的這部作品有所反應。於是我再次體驗，從一名沒沒無聞的新手做起，是件多麼令人愉快而興奮的事，即使事實上你已經透過了大量的寫作實踐，竭盡全力、精心地寫出了很多好作品，你會發現，在你匿名寫作時，仍舊沒有人聽你說些什麼。

2

這迫使我重新考慮自己在文學圈裡的冒險經歷。我相信其他一些作家或者想成為作家的人也許會對我的經歷有些興趣，假如我能做到的話，我希望自己能做得更好，說說寫作到底是怎麼回事，寫出一本書到底意味著什麼，人們為什麼要寫作，寫作的目的又是什麼。對所有這些問題我的看法比較清楚，不妨聽我一一道來，這對想要從事寫作的人，應該是有益無害的。

可以說，我是在書堆裡長大的，關於書的談論也聽過很多。我一直認為我的父親本質上更像是一位藝術家，只是他擔任校長和主教後，表現出來的都是卓越的組織和管理能力，不然的話，他也許會是一個很好的詩人。我的家族可以被稱作是個寫作世家。在我們家的四代人裡，與我有血緣關係的親屬就有二十位出版過自己的著作，從我的表姊阿德萊德．安妮．普羅克特，到我的舅舅亨利．西奇威克皆是。在我們還小的時候，他們就創辦了一份小雜誌，專門用來刊登自己寫的散文和詩歌，在家族的圈子裡傳閱。在伊頓公學和劍橋大學讀書時，我主要是寫詩；臨近大學畢業，我寫出了一部小說，寄給《麥克米倫雜誌》，當時的編輯是莫利勳爵。莫利大人把我的稿子退了回來，親切地說我的小說「光有調味汁沒有肉」，還說如果這部小說出版了，並不會讓我在以後的生涯裡為此而感到驕傲。

後來，作為大學生，我寫了一本古怪的小冊子，題目是《亞瑟．漢密爾頓回憶錄》，寫完之後匿名發表了。儘管受到評論家的嚴厲抨擊，但卻可以肯定這部作品在某種程度上獲得了成功。後來，我擔任一所學校的校長，工作很忙，抽空寫出的只能是些短文，還費了不少周折發表在各種雜誌上，慢慢才得以彙編成冊。再後來，我專心致力於寫詩，並相當勤奮、執筆不輟地寫了好些年，寫出了五卷詩歌彙編，只可惜讀過的人很少，但寫詩讓我倍感享受。儘管我手裡沒有發表的詩稿越來越多，我也並不後悔把大量的時間花費在詩歌創作上，因為寫詩讓我學會了如何用詞。接著我又寫了兩部短篇小說集《障山》和《落日之島》，主要是用來講給我們家族裡的孩子們聽，或者供他們閱讀。

我還把自己評論丁尼生的一些文章編成小冊子，而且我認為這本書的價值在於介紹了有關丁尼生幾乎所有的趣聞軼事；此外我還為《英國作家系列叢書》寫了《羅塞蒂傳記》，這是一部耗費我很多心血寫出來的書，其特色在於相當講究修辭。

所有這些作品都是我在擔任小學校長期間完成的。住在校舍裡，整天和許多小學生打交道並不是件易事。我敢說自己是個工作積極主動、十分勤奮的校長，寫作只是我業餘的一種消遣。每週我只能抽出幾個小時用來寫作，從來沒有影響過我的本業。

父親於一八九六年去世，我寫了兩本書來記敘他的生平事蹟，內容相當詳實豐富；事實上，就是在完成了這兩本書的寫作之後，才真正開啟我的作家生涯。那是在一八九九年，我陸陸續續地撰寫《寧靜的家庭》，但始終對結尾部分很不滿意，於是就將其擱置起來，沒有繼續寫下去。

該年，我同時接受了一項新的任務——編輯維多利亞女王的信件。我懷著複雜的心情，辭去了校長職務，既感到歉疚，也慶幸能夠解脫。雖說校長這個工作很有趣，對我也很有吸引力，但我不喜歡、也不信任英國的教育制度。我把自己的看法寫進《小學校長》這本書裡，出版後，獲得了相當的成功。

一九〇三年我辭去了學校教師的職務，這時我四十一歲。就在這一年，《寧靜的家庭》開始上市發行，我用的還是匿名。我與一位老朋友住在伊頓鎮，每天我都去溫莎城堡，吃力地翻閱著大量的文稿。但是我發現，每天幾個小時的編選工作，常常是事倍功半，因為長時閱讀下來，判斷力和辨別力會因疲勞而減弱，視線也容易模糊。

不過，中止了繁重的校長工作，讓我的精神猛然振奮起來，對寫作也煥發出極大的熱情，讓我覺得格外輕鬆。這是一段非常愉快的美好時光。我與許多朋友住

在一起，他們都在拚命地寫作，而他們苦役般的工作態度與我的自由自在形成了鮮明的對比，令我產生了迎頭趕上的決心和力量。那段日子，我認真地回顧自己擔任校長的經歷，寫出了《厄普頓字母》一書，雖然不是十分切題，但這是本生動有趣的書。我仍以匿名的方式發表，儘管沒有得到任何評論家的關注，不過這本書還是有人讀、有人談論；接下來的一兩年，我不知疲倦、以極大的熱情埋頭寫作，完成了兩部專著，一部是論述愛德華·費茲傑羅，另一部是論述華特·佩特。我的《金絲線》一書，也獲得相當的成功，接下來的一年，我在劍橋安頓下來，寫出了《大學之窗》和《死亡之門》，以上這些都沒有署上我的真名。隨後又寫出了《靜水之旁》和《聖壇之火》。當然了，這段時間我並沒有完全中斷女王信件的編輯工作，一直還在悄悄地進行著。

那段日子，我先後寫出了六本書，我的寫作生涯就是這樣開始的。不過有一點值得注意，賣得最好的四本書《寧靜的家庭》、《厄普頓字母》、《金絲線》和《大學之窗》，都是匿名發表，而且在相當長的一段時間裡，沒有人知道這四本書的真實作者姓名。這樣一來，我們就能公平地斷定，讀者們會煞費苦心地尋覓他們感興趣的書，並且總能找到他們想讀的書；也因為是匿名發表的，所以這四本書的成功完全不是憑藉著我的門第、我的地位，或我的朋友——當然也與評論家無關。這一事實證明了一位出版商所說的話。某天他對我說，無論是各方的評論還是出版商的各種行銷模式，都不能真正使一本書獲得成功。而如果讀者開始議論或推薦某本書，這本書往往就會逐漸熱門起來。確實，我後來出版的書的影響力，沒有任何一本超越以前出的這四本。我當然沒有理由抱怨，不過我也從中得出了這樣的結論：對讀者有吸引力的，事實上是新的聲音和新的思想觀念——就像一些普通的思想觀念沒有得到清楚的表達或形成文字，新思想也許同樣如此。過去人們對作家還有一點神祕感，如今早已不是這樣；每個人都確切地知道自己期待的是什麼，而新一代的讀者希望聽到新的聲音，看到完全不同的寫作方式。

3

至於寫作的動機，無論是什麼，都存在於寫作的背後。我們也許可以拆分一下，比如說渴望獲得錢財、出於慈善，或夢想成為專業作家；但是我認為寫作的主要動力是三重性的。追求純樸簡單的藝術，渴望與夥伴交流，或者實現某種抱負，所有這些幾乎都可以被認為是對掌聲的期盼。

藝術的終極本能就是表達美感。一幕場景、一名人物、一個想法，或一種情感，衝擊著我們的心靈，留下突出的、美麗的、奇異的、絕妙的印象，而頭腦渴望去記錄、去描述、去解析、去強調這些印象。這個過程就像隨著人類生活持續進行，一切逐漸變得越來越複雜一樣。

我們完全可以說，寫作一開始只是記錄；但是隨之而來的就是人們渴望把記錄下來的東西進行對比，增加效果，並精心製造背景；接著，這個過程會變得更加精細，人們覺得非常有必要按照適當的比例安排素材，刪除所有多餘或者概念不清的表述，這樣，無論是什麼樣的中心思想，就能絕對清晰、獨立地凸顯出來。日積月累後，大量的藝術變成傳統和約定俗成的東西；某些藝術形式自身也固定成形，要想發明出任何新的形式便益發困難。當藝術與傳統結合在一起，就成了所謂的經典，引起文化圈的濃厚興趣；再接下來就會爆發一場革命，比如浪漫主義藝術的形式。一方面這意味著對古老傳統的厭倦和對自由的渴望，另一方面，讓藝術站在更廣大、但文化程度或修養不那麼高的群體的立場上，則意味著創作渴望一種更靈活的藝術形式。文學本身就具有這種週期性的潮起潮落：新的藝術形式會漸行漸遠，依次變成傳統，在這個時代被稱作浪漫主義的東西，會在下一個時代被視為經典。毫無疑問的，這些變化是心理規律的結果，只是目前還不太被人理解。一個民族的復興，如果源自某種未確定的原因，而爆發出對新思想的強烈興趣，那就很難用發展的邏輯原理和數學原理來解釋。法國大革命和相應的英國浪漫主義復興就是例證。像盧梭這樣的思想家並沒有對社會和情感觀念萌發出什麼興趣，只是把無數人腦海裡浮動的許多模糊思想用吸引人的形式寫了出來。像司各特這樣的作家，則簡要地陳述了許多人頭腦裡對古典傳統突然產生的厭惡和反感。當然了，司各特這位浪漫主義作家曲解了中世紀的一些情感，因為從歷史角度上看，那個時候並不存在這些情感；一般來說，浪漫主義作家傾向於探討和記敘生活的莊嚴和煥發光芒的時刻，積累燦爛的生活體驗，以一種不科學的方式吸收情感。現在我們開始厭惡這種把生活過度情感化的處理方式，而現實主義作家則刻意地努力呈現生活本來的面目

——並不是去改良生活或選擇生活，而是給人們留下生活嚴峻又複雜的印象。

浪漫主義作家將人物典型化、樣板化，而現實主義作家則承認人物個性的不一致和可變性。浪漫主義作家呈現的是人格化的品質和情緒，而現實主義作家則描述人情緒的不穩定性和變化性，與人物之間相互施加的影響。兩者的動機基本上是一樣的，只是浪漫主義作家感興趣的是生活的激情和生命的啟示，而現實主義作家則專注於生活的真實情況和要素。不過，無論是浪漫主義作家還是現實主義作家，他們的原動力是相同的，那就是描述和記錄奇妙的人事物給他們留下的個人印象。

藝術的第二個原動力是對分享體驗和交流經驗的渴望。每個人都知道，孤獨對一個有感知能力的人來說有多麼難以忍受；這樣的人需要有人陪伴，共同分享美麗的、令人難忘的或者荒誕的場景，因為這是人的本能需求。假如一個人不得不孤獨地品味生活經歷，那麼所帶來的樂趣就會大打折扣，甚至蕩然無存。當然了，有些人生來就能享受孤獨，比如說享用一頓豐盛的晚餐、一場音樂會、一齣戲劇；但是如果這樣的人有了表達的衝動，就會自覺或不自覺地為藝術創作和藝術欣賞積累素材；而且幾乎是難以置信的，一個願意繼續寫作、作畫，或者製作雕像的藝術家，在他們完成作品之後，會心滿意足地把自己的作品擱置一邊，而不渴望把作品拿出來供人們評判。

我自己的經驗是：如果這個人真的是在從事創作，與別人分享樂趣的想法並不會是一種非常有意識的作為。無論你是否意識到把自己的創作成果展示出來的這種衝動一直存在，表達永遠是最重要的，而且喜悅之情就存在於描述和記錄當中。所以，假如我知道自己寫的東西可能永遠不會被別人讀到，毫無疑問的，我很快就會決定不再寫作了。社交和群居本能在藝術的所有方面真的具有重要的主導地位，每一位作家，只要擁有讀者群，必然會意識到這一事實。許多想成為作家的人會給他送去手稿，徵求他的建議和批評，希望得到他的引薦，好讓書稿能夠出版。假如我完全依從這樣的請求，對我來說，事情會變得相當容易，我將拿出自己的大部分時間，不辭辛苦地評論這些稿子。這也確實是許多業餘作者的作品通往出版之路的最好捷徑。

我想，就像羅斯金說過的那樣，一旦作家獲得成功，這個世界就會竭盡全力，用各種各樣的請求將他淹沒，防止他再次獲得成功，這是對作家的一個奇特的諷刺。我猜想畫家和雕刻家不會遭遇這些，因為用包裹郵遞畫作或雕刻作品可不是件容易的事。但是沒有什麼比把手稿裝進信封、寄給某個作家徵求建議更容易的事了。我承認，我很少拒絕這些請求。每當我在寫作的時候，我的桌子上通常會放著三部已出版的小說和一部遊記，一首詩，還有兩部散文集的手稿。但除非我對作者寄來的作品真的很滿意，否則在一般情況下，我會盡量設法給點什麼建議，作為答覆。對此，我還是覺得滿痛苦的，原因很簡單，因為教一個人怎麼寫作是件費時費力的事，需要非常漫長的過程；另外一部分原因在於，這些作者所渴望的其實不是批評，而是同情和讚美。

潛藏於藝術創作之下的第三種動機，毫無疑問的，就是獲得成就感和渴望別人對自己的喝采。擺出高貴或不屑一顧的姿態很容易，但是如果一個人挑戰公眾的關注，為的可不是給別人帶來樂趣，而是希望自己能夠得到別人的讚美。這麼說也許更妥當，就像《約伯記》裡的以利戶布西人以異常的率真說道，「我要說話，這會使我感覺釋然的舒暢！」把自己的作品寄出去徵求意見的業餘作者，通常不能忍受這個事實。他們不斷地說自己希望做好事，或者享受交流和分享的樂趣。但說實話，我不太相信藝術家的動機毫無私心。作家寫作也許是出於自己的享受，但是透過公開發表的方式展現自己的技能和能力，無非就是為了獲得認可和讚賞。費茲傑羅的《書信集》裡有這樣一個故事，說鸚鵡每獲得一項成就，便把自己的羽毛弄皺，轉動自己的眼睛，讓自己看起來像是一隻貓頭鷹。當家裡的其他寵物以各自的把戲作弄鸚鵡時，鸚鵡的主人為了不讓鸚鵡的感情受到傷害，總是小心翼翼地請求鸚鵡「不要那麼裝模作樣」。然而真實的狀況是，我們大多數人都想裝模作樣。

史蒂文森坦白地說，對藝術家而言，得到公眾的吹捧和讚揚是他們生命當中不可或缺的東西。確實如此，許多人將他們透過創作而賺到的錢視為他們獲得讚許的象徵，令他們覺得快樂，這就呼應了雪萊所說的那句精妙的格言，「名聲是偽裝的博愛。」這也並不完全是一種卑鄙的動機，因為我們許多人都被這樣一個概念所困惑，亦即獲得愛戴的最好捷徑，就是先讓人崇拜和讚美自己。這是一個極大的誤解，因為崇拜雖然能引起別人對你的喜愛，但更經常引起的是別人的嫉妒！從玩遊戲的小孩或者吹奏小號的街頭樂手，到偉大的劇作家和音樂家，他們的願望全都一樣，那就是給別人留下好的印象。

我曾與一位著名的評論家一起吃飯，飯後我們坐在他的書房裡吸菸，這時他指著桌上一大堆列印出來的稿子對我說，「這是某某人的又一部長篇小說」，並提到這個作家很有點名氣。「他請我開誠布公地提出批評意見；然而遺憾的是，他能聽得懂的語言只有一些奉承的話！」

這話說得很坦率，雖然有點讓人覺得悲哀，但事實的確如此。對許多藝術家來說，不僅需要聽人議論自己完成了什麼作品，更需要聽人議論自己做得多麼好。也許這不是一種健康的心態，但是我們無法忽視或否認這個現象。

即使是最偉大的作家也容易受到這種心境影響。與大多數詩人相比，羅伯特．勃朗寧，除了偶爾對評論家大發雷霆外，在受到誤解時往往能採取容忍的態度，也比較有耐心，但是當他受到某所大學學生們的熱烈歡迎時，還是得意洋洋地當即表示說，他一生都在等待這樣的時刻；丁尼生總是設法將公眾的憎恨和對名聲的渴望結合起來；華茲華斯則是像卡萊爾尖銳的描述那樣，晚年時每年都會去一次倫敦，目的就是「收集對他的一點點頌詞」。即使濟慈說他對自己作品的批評，要比聽到評論界圈外的意見更令他痛苦，然而獲得承認和博取掌聲的可能性，仍不可避免地存在，這也是藝術存在的主要理由。

但是，寫作的主要動機還是創造本能，純潔而簡單；所有文學藝術的成功主要依賴於作家鮮明的個性、活力和感知能力，以及對適度表現自己熾熱情感和高漲情緒的掌控能力。偉大的作家為什麼相對來說比較少，原因在於作家要想獲得成功，需要具備相當的天賦、富有創造性的思想、濃厚的感情、獨特的風格、清楚的語言表述能力、迷人的魅力、強有力的語氣、豐富的詞彙，以及堅持不懈的努力。許多作家都具有其中一些品質；業餘寫作和專業寫作的本質區別在於，業餘作者通常很少有能力拋棄和選擇，或者不能很好地安排描寫的比例；業餘詩人的特點是：他們的詩句往往是由一些虛弱的、不協調的、拼湊的廢話串連在一起——如同一塊未加工的礦石，裡面的微粒所發出的光芒模糊不清；而富有藝術性的詩歌則是一塊經過雕琢的美玉。偉大的詩人經常能夠在很短的時間快速寫出精巧的詩句，這是事實。但是在其背後始終有一種強烈的選擇能力在發揮作用，而這種能力有賴於認真的練習和本能對生活細節的體味。

另外，業餘作者寫出的散文質感粗糙、布局混亂，好的理念和突出的思想沒有得到完美的表達，在索然無味、低劣的材料當中掙扎，業餘作者常常不知道如何提高自己的技藝。我認識一位很有成就的人，十分健談，也許是寫作手法已經成熟，有人勸他嘗試用一種更確定的方式創作散文，結果他卻悲哀地發現原本很有提示性、甚至美妙的思想因軟弱無力、失序的陳述，無法表達出來，這令他感到絕望。想要讓那些具有良好情感和敏捷感知能力的人去理解這件事，更是難上加難，然而這樣的素質是寫作的基礎，而且自我表達至關重要的條件，就是掌握特別有象徵性的、甚至是傳統的表達方法和表達步驟。有血有肉的生活並不能等同於生動的藝術。藝術是一種玄妙的東西，其象徵意義只能在一定範圍內體現；透過藝術手法，詞句、短語、格律就可以表現、提示、暗指出更大的視野。正是將宏觀印象簡化為微觀印象，藝術的神祕感才得以存在。

好作品的完成經常是出於賺錢的目的。我甚至可以說出一些還健在的作家的名字，他們很實際，若非生活所迫，他們是不會情願提筆寫東西的。他們滿足於在庸俗的談話裡表達自己的想法，或者更有甚者，靠非議和評論他人的作品來謀生。野心在相當程度上也能有助於塑造藝術家。出於博愛或仁慈之心的動機，也許能像風一樣鼓起他們創作的風帆，但是這樣的動機從其本身來說，並不具有什麼藝術價值。就拿我作為例子，到目前為止，在有可能提出的各種複雜的動機裡，還從未有過與金錢、野心、慈善，或者交流有關的原始衝動。盡可能努力、優美而適當地把某種明確的思想寫成文字，一直是我樸素且唯一的極度快樂。創作欲望與我所知道的任何欲望都不一樣，某些想法、場景、畫面會自然而然地湧入腦海。智力立即開始啟動，編排、細分、預知、擴展和放大。所有這些多數是由某種無意識的腦力活動完成的；因為我經常能在幾分鐘內形成自己的思路，接著便草草擱置；然而一兩個小時之後，要寫的東西似乎全都準備好了。

此外，真實的創作是件令人開心的事，這種感覺是那樣強烈、令人喜悅，如同我們的身體和感官都享受到了歡樂。當寫作變成習慣性的行為時，就不會產生任何疲倦感，儘管有些作家並不這麼認為。當寫作之旅一旦啟程，你就完全沒有什麼時間和地點的概念；壁爐上的時鐘似乎神奇地自行跳動；而大腦準確地知道什麼時候該停止工作，所以停下筆來就像是關上水龍頭，水流即刻就停止了流動。我不記得什麼時候曾強迫過自己寫作，除非是身體患病期間，也不記得除了純粹的樂趣之外，從頭至尾寫作還能是因為別的什麼原由。

說到這裡，我知道自己是在自我表白。是的，我是個直率的即興作家，所以我的作品不會經常獲得成功，這樣的藝術在哪裡失敗，哪裡就缺少濃縮和修正的力量，而這正是高雅藝術最為重要的環節，也是極為必要的。但是我把它歸功於最幸福、最光明的生活體驗，對我來說，沒有什麼其他樂趣可以和它相較。有人說，輕鬆寫就的東西會讓讀者讀起來很費勁；但是費勁寫出來的東西就真的能讓人讀起來輕鬆嗎？

問題的答案似乎是這樣的，如果一個人的創作欲望非常強烈，那麼，這種欲望很有可能自己找到出路。假如普通的日常工作破壞了你的創作欲，那麼，你的創作欲可能就不是那麼強烈；不過，我並不是建議你一定要當專業作家，因為報酬很低，這條路走起來也很艱難，一次又一次的失望和沮喪會讓你很心酸；儘管贊助的人不少，但肯出錢資助高尚、出色的作家的贊助人並不太多，許多同樣出色高尚、具有某種特性的人雖然喜歡以寫作的方式接近生活，但是他們由於缺乏完整的藝術素養、缺乏專門知識、缺乏技藝，必須另尋其他途徑來豐富我們這個世界。

如果一個人的創作欲望非常強烈，那麼，這種欲望很有可能自己找到出路。假如普通的日常工作破壞了你的創作欲，那麼，你的創作欲可能就不是那麼強烈。

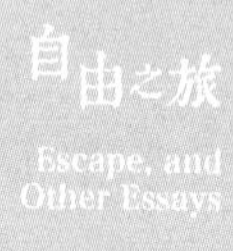

Chapter 14

魔草和三色堇

1

奧德修斯滿腔怒火快步地穿行在女巫喀耳刻的島上，試圖查明自己的夥伴到底出了什麼事。如果這個時候他沒有遇見眾神使者赫爾墨斯③，毫無疑問的，他肯定會被叢林繚繞的青煙所迷惑，誤入女巫巨大的石屋，從而使自己走向毀滅。

赫爾墨斯偽裝成一個俊美的小夥子從天而降，來到奧德修斯身邊。他責備奧德修斯，一個很有耐力的人怎麼會如此魯莽草率，並給了奧德修斯在我們看來不怎麼好的忠告，他還給了奧德修斯一件寶物，這個東西可比任何好主意管用得多，因為這個寶物就是護身符，能夠打破女巫的魔咒，只要他揣在懷裡，就可以保證自己不受到傷害。

這個寶物是一種模樣難看的多刺藥草，往往蔓生在低窪的樹蔭下。它的根是黑的，但卻開著乳白色的花；神把這種藥草稱作「莫利魔草」，而且沒有哪個凡人的力量能夠把魔草從土裡拔出來；不過，正如奧德修斯在講述這個故事時所說，「沒有神做不了的事」；假扮成年輕小夥子的赫爾墨斯只是輕輕一拽，就把魔草拔了出來。至於符咒如何發揮作用、奧德修斯如何解救同伴、喀耳刻如何告訴奧德修斯死亡區域之路，這些我們都已熟知；但是，即使如此，奧德修斯並沒有完全逃脫喀耳刻邪惡的魅力。

③赫爾墨斯是希臘奧林匹斯十二主神之一，羅馬名字為墨丘利（Mercury），亦指八大行星中的水星。他是宙斯之子，出生在阿耳卡狄亞的一個山洞裡，因而他最早是阿耳卡狄亞的神，是強大的自然界的化身。奧林匹克統一後，他成為畜牧之神，又由於他穿有飛翅的涼鞋，手持魔杖，能像思想一樣敏捷地飛來飛去，故成為宙斯的傳旨者和信使。他也被視為行路者的保護神，人們在大路上立有他的神柱；另外，他也是商人的庇護神，以及雄辯之神。傳說他發明了尺、數和字母。他聰明伶俐，機智狡猾，又被視為欺騙之術的創造者，他還是七弦琴的發明者，是希臘各種競技比賽的庇護神。

2

沒有人知道魔草究竟是什麼；有些人說是曼德拉草，黑暗之草，它腫脹的蒼白色根莖和伸展的枝杈與正在受刑的人形非常相似，被挖出來時還會發出痛苦的呻吟，所以被認為是可怕的不祥之物；但後來這種藥草的名字卻被用來指一種蒜，作為調味品，調製味道濃烈的沙拉。就命名法而言，希臘的植物學家不是非常精確，他們憑著想像力用手邊現成的名稱為植物命名。毫無疑問，希臘人認為萬物本身有著神祕的本質名稱，也許只有神才知道，而人類只能盡自己的想像力來稱呼它們。

也許最好是讓古老的寓言去自圓其說吧，因為理想化了的詩意思想常常遭受錯誤的理解，並在解釋者手中發生低劣的變形；儘管如此，依靠在夢中和幻象中所見到的事物來解釋，或者在神奇的地方朦朧地用眼角餘光來進行觀察，都是一個不錯的選擇；然而，真正最好的理想化的東西，在於它們有著上百個神祕的解釋，而且也許沒有哪一個解釋是正確的；因為詩人只是對自己瞬間所看到的幻象加以描述，並不知道他們所見到的真正意味著什麼，甚至不知道這些東西是否真的有何意義。

大學這樣的地方，在許多方面就很像是喀耳刻的島嶼。經過漫長的航行，你可能偶然地經歷了一場冒險，那裡有石頭砌成的巨大宅邸、一道道閃閃發光的大門、一條條有人守衛的迴廊。這是個充滿魅力和令人開心愉快的地方，形形色色的神祕人物進進出出，你很難辨別出他們都是從事什麼工作的；那裡有數不清的碗盤，還有溫度適宜的洗澡水。喀耳刻擁有自己的私生活，也有著很強的求知欲和許許多多古怪的知識；她並不是永遠把人都變成豬的④；而她為什麼這麼做，其原因並不那麼容易被探知。也許這麼做讓她感到愉快，更有安全感，尤其是變成豬的那些訪客被妥善地安置在豬圈裡，發著呼嚕聲，在泥濘的土裡四處亂拱。我們絕不能生搬硬套地過分使用寓言，但是無論在什麼地方，只要那裡的人需要結交，那裡便總會有把人變成豬的事，即使他們後來能恢復原形，並在變回人形的時候痛哭流涕。

④希臘神話中住在艾尤島島上的女巫。她是太陽神阿波羅和海神女兒珀耳塞所生的孩子，是國王埃厄忒斯的妹妹。在古希臘文學作品中，她善於用藥，並經常以此使她的敵人以及反對她的人變成怪物。

3

我寫上面這段文字的目的，是想略微思索一下魔草會是個什麼樣的東西，如何才能找到它、使用它。眾神信使赫爾墨斯，總是能夠在某個人真正需要時，把魔草拔出來送給他——無論這個人是誰。而且就像莎士比亞詩中所說的，正是因為「這個島上總是聽得到聲響——聲音啊，甜蜜的曲調啊」，所以應該注意的問題就是：弄清楚哪種聲音「很好聽且不傷人」，哪種聲音只能把人引向馬槽和豬圈。我的論點並不是以一種深沉的、誠實的態度來進行，但也不希望就像胡椒粉那樣廣泛散播。說實話，我認為許多符合傳統準則的事情，其實根本沒什麼用處，還很荒謬可笑；其中一些甚至有直接傷害的作用；進一步說，有許多不符合規範和準則的事，實際上是美善兼具的；所有文明社會的危險，在於其成員理所當然地看待盛行的道德標準，不想費事去思考這些標準意味著什麼，而是把它當作生活方式來接受，心滿意足地推行著，就像是本性難移的甲蟲，因為我們都知道，甲蟲不會拐彎，但也不會迷路。

軟弱地沉陷在一個地方的習俗當中，讓人們失去了所有的冒險精神所帶來的樂趣；但是大海裡的這個島，以其濤聲不斷的海灘、挺拔的海岬、林中空地、開闊的空間、草坪上巨大的宅邸，成為高於一切的冒險之地；這裡有著發揮作用的未知力量、野性的情感、敏捷的思潮、許許多多的選擇、奇異的快樂；遠遠望去是難以捉摸的海面，海浪一波高過一波地撲向海岸，其他的一些小島隱約地出現在浪花的那邊，船隻在撞到通往死亡和沉寂區域之前，也許可以在這裡靠岸。

我本人也有自己的冒險計畫，即乘船遠航；既然我又一次回到這個小島上，如果我能夠的話，我希望在島上的灌木叢中追溯我所遭遇過的一些冒險經歷，重新思考這些經歷帶給我的啟迪，當然還要說說那些由於我的羞怯或者愚蠢而錯過的經歷。雖然我可以肯定遇見了赫爾墨斯，但我完全不能確信他是否給了我魔草，我又是否真的接受了魔草，並且用它做了些什麼。我知道有些人內心裡一定有魔草，而另一些人則肯定沒有；我會努力描述出他認為的魔草是什麼，如何找到它。毫無疑問的，魔草的根很深，顏色漆黑，但是開出的花卻是潔白的，它的葉子上長滿針刺，而且黏糊糊的；這樣的植物不適合種在修剪齊整的花園裡，也不適合成排地生長在壟溝裡；想要遇見魔草很難，想把魔草拔出來更難；不過一旦哪個人獲得了魔草，這個人就會知道有些事情他不能再做，某些符咒從此以後對他也沒有了魔力；雖然這不能把他從所有的危險境地解救出來，但至少也不會被關進豬圈裡，成天只能流著悔恨的眼淚，失去了人的所有屬性。

4

讓我們暫時把所有這些寓言擱置一旁，因為按照這樣的相互關係講述兩件事，會讓作者和讀者感到複雜。我先說說我在大學裡的情況。作為一個年輕人，我似乎永遠在追尋那些不可能找到的東西。可事實也並不總是這樣；我們有大量的休閒時間，這個時候我們可以玩遊戲，坐在壁爐旁喝喝茶、吸吸菸、聊聊遊戲、談談其他人——我不記得還談過什麼別的事，除非是在特定的場合下。或者在傍晚的時候，我們一群人不怎麼熟練地彈彈鋼琴、唱唱歌，音調算不上優美；也可以坐下來看書學習，享受讀書的樂趣，即使不是為了學好哪門課程，至少可以完成作業。有些上了年紀的人喜歡沒完沒了地談論自己年輕時的一些荒唐事，可是我不打算偽稱自己沒有在工作，而且還出指導老師的洋相，觸犯學校的條例，藐視上帝和人類，花著不是自己掙來的錢，過著放蕩的生活。我的朋友裡很少有人做過這樣的事，即使有那麼幾位，他們大多早已在人生跑道上倒了下來，徒留可憐、悲傷的記憶。我也看不出假裝做過這樣一些事情的人為什麼會感到如此光榮！我是一個十分穩重而清醒的市民，犯過錯誤，也有過失敗；但我寫的文章改變不了那些不道德、邪惡的人，因為他們確實預先準備好了大量的材料，並以各種不同的方式和令人非常厭惡的手法來實現他們自身的轉變！我倒希望這篇文章的讀者是那些生活富裕、安康快樂的人，因為他們也許有著與我相同的經歷，就是我之前已經說過的那種體驗，尋找我不可能找到的東西。在那些日子裡，我敢於坦白，我會讀書，或者聽個演講或布道，或與某個有趣的、有魅力的人交談，而且突然發覺自己是在正確的道路上求索；這就是我想要的嗎？或者這就是我現在已經失去的生活？我說不清楚。但是我知道，假如我能找到，我將不再有任何疑問，知道自己該如何去行動，知道自己該去選擇什麼。這不是我想要的規則——規則已經太多了，有些規則是別人為我們制定的，但是更多的規則是我們為自己制定的。我們擬定了學監和老師尚未籌劃的生活的每一個部分，而我們確切知道什麼是對的，什麼是錯的；哎呀，其中有多少是了無生趣的呀！

但是我想得到某種動機，一個目標；用現在的話來說，我想知道我在力求尋找的是什麼。我看不出自己的工作到底有多麼大的意義，也不知道我的職業會是什麼樣子；我不明白，為什麼自己出於社會原因，做了那麼多自己不感興趣的事情，還要假裝認為這些事情是有趣的。我也可以與五六個哥兒們坐在一起抽菸，談論別人的故事。A——已經與B吵了起來——他不願意接受適當的訓練，在比賽開始之前就先吃了午飯，還喝了一杯雪利酒，抽了一支雪茄菸。他太棒了，所以不適合參加球隊——這種情景足以讓人覺得有意思，但這肯定不是我內心要尋找的生活。

於是我們不斷地結交朋友；你也許突然頓悟C這個人多麼有魅力，他是那樣有創意、風趣、機警、善於觀察；在球場上遇見他成了一件讓你激動的事；你可能請他喝茶，與他神聊，告訴他你所知道的所有事情。可一個星期之後，你似乎走到了盡頭，不得不在這條路上停下來：畢竟你沒有從中收穫多少樂趣，而如今他在你眼裡就像是一頭蠢驢；當你再次遇見他，他陰鬱地看著你，你轉身而去，開始去追逐另一個人。這種把人理想化的交友方式是相當錯誤的；交往的樂趣在於彼此的探索，但是要探索的東西其實很少；最好是能結交一些讓你感到身心舒服的、沒有愚蠢或冒失行為的朋友；然而天長日久，這些一樣會慢慢變得無趣，顯然這也不是一個人要長期尋找並能從中獲得滿足的追求。

我們究竟在尋找什麼呢？我們可以將那些我們一直在追尋的看作是輕輕飄過山頂的雲影，或者展翅飛翔的鳥兒。完美的朋友並不能幫助一個人獲得持久的身心滿足，因為他的完美遲早是要衰落和褪色的。然而在路的前方肯定有什麼東西在召喚著我們，這種召喚有著一股神祕的力量：就像在樹林裡鳴唱的鳥兒吸引著我們的腳步；只是一旦你躡手躡腳地走近那棵樹，鳥就會撲翅飛走，空中又響起了鳥的另一首歌；乍看之下，一個人似乎是在尋找某種得以寄託的情感；比如盛開的玫瑰花瓣從枝頭飄落下來的瞬間，你會怦然心動；或者當你看到遠處一望無際的平原，鬱鬱蔥蔥的樹木、湍急不休的河流和蜿蜒起伏的群山，你會剎那間茅塞頓開；或者你步入暗淡的、靜謐的教堂，聽到那管風琴悄悄流淌出高音飄渺、餘音繞梁的樂曲聲時，你會宛如身處世外桃源……所有這些都是能讓人的心靈為之觸動的場景而激發出人類的情感，這情感並非是那種孤獨者清苦、寂寞的情感；而是一種充溢著豐足、幸福、甜美和高貴的情感。可是有的人卻期待自己的情感可以被同類的靈魂所分享：求助於他人對自己的認識，希望透過明顯的手勢、形態、笑容和睜大的眼睛吸引別人的注意，以為這是能夠獲得最好的感覺，得到最親近的、使人興奮的被人群認可和欣賞的方式；其實這種情感即使得到了，也會在瞬間消失，你的興致也將隨著情感的消失而逐漸衰退。

事實上，生活裡有遠比這些都更重要的東西！因為在清冷孤獨的沉思時刻裡，你會發覺，人生的路上矗立著一種責任感，它就像一面巨大堅固的懸崖峭壁。這種責任感，無論多麼微妙、多麼令人敬畏，都不是源於私下談論的祕密，或者源於和其他心靈的聯繫，而是源於堅定、絕不妥協的個人意願。人類的獨特性恰恰體現在這一方面。這是一種迅捷、猛烈，甚至令人恐懼的情感，對此，人們在思想和行動上表現出的是一種忠誠，絕無失誤。公正，這可是一個古老的話題，而人們一直被教誨去維護公正。猶太人就曾特別重視公正，人們也誤以為公正源自虔誠的行為和儀式，現在則顯示為一種不妥協的力量，你不可能忽視或違逆這樣的力量。如果有人真的違逆，受傷的情感就會在靈魂中微弱地喊叫起來；所以有些人領悟到，這是一種力量，只有透過虔誠的行為和崇拜才能萌生，但是其所有虔誠的行為和崇拜都只是脆弱的外罩，半遮半掩、半阻半擋著社會發展的巨大腳步和邁向成功的努力。

公正的力量相當強勢，令有些人感到害怕，但是我們很清楚，沒有公正就不可能有任何內心的安寧。而今，人們逐漸懂得，在許多傳統習俗和感知中並沒有公正的蹤跡，這些可能是被輕視、被忽略了。但有些事情透過公正的精神，真的能把它們確認為令人憎恨、褻瀆神靈的罪惡。有了這樣的公正精神，人類就不可能做出非法的勾當。

這樣說來我們就清楚了；如果一個人要去尋找自己渴望的安寧——一種沒有煩惱、不受打擾的安寧，就會滿懷希望，有目標感、有自由感地踏上自己的心路歷程。這裡有兩個特定的因素：一是要順從一些巨大的、不可抵抗的禁例和明確的行為準則，儘管其數量要比你想像的少；二是與一些人形成手足意識和夥伴情誼，因為他們是協調有序地朝著相同的目標前進。理解並熱愛他們，讓他們也理解和熱愛我們，這對我們去追尋內心期待的東西起著至關重要的作用。

需要補充一點的是，我所說的責任感，就像在樹林後面露出的山頂，它超越了生活的瑣碎，且不能立刻展現出令人滿意或者美麗的一面。一開始，責任感似乎遮擋了我們的視野，干擾我們處世的方式；責任感不允許一個人迷路或者原地徘徊；人們不情願地服從它，僅僅是出於對其力量的屈就。責任感象徵著某種規則，在許多方面干擾或妨礙人們滿足自己的希望和欲念，但人們又不得不被迫與責任感達成妥協，因為，如果你忽視和違背這個規則的監管，你就可能或真的遭受冷酷、甚至是惡毒的攻擊；這樣一來，對責任感的追求就變成了另一種嘗試，即是努力找出責任感的背後是否存在著任何個性，因為有了個性，人們才可以自我發現，並由此意識到責任感的目的和意圖，以實現自己美好的願望。這是一種能夠去愛和被愛的力量嗎？或者說，作為一種你也許感到恐懼、甚至憎恨的生活狀態，你會認為責任感只是習慣性的、沒有靈魂的情感，所以便將它視同兒戲嗎？

因為那種感覺似乎是幸福生活的所有祕密——以一種親密的安全感，與某些溫暖而真實的人們相遇；他們需要我，我也需要他們，他們能夠發出微笑、與你擁抱，既有養育之恩又有同情之心，有所愛慕、有所崇拜。在這些人的懷抱裡，藉由相互接觸、撫慰，和信任，你能感覺到自己的希望和快樂得到了滿足並被激發。這正是一個人在內心裡為自己找到的歸屬之路；令人好奇的是，地球上的田野和家園之外的朦朧空間，是否也有類似的機會在等候著我們？

我猜想是有的。在模糊的幻象裡我們卻看到許多殘酷：打擊、傷口和災難，仇恨、恐懼和忍耐，存在我和那天地更廣闊的胸懷之間。但是我最終感知到，儘管在接近這個更廣闊的胸懷的路上充滿恐懼和懷疑，那裡的確存在著冒險；儘管經常受到蔑視和憎恨，未受到照顧與關注，還會經常感到心灰意冷，被人從安逸和自鳴得意的狀態中搖醒，但到最後我確信會被那種力量擁入更大的胸懷。

5

接下來這個階段有些不同，就拿我臨近大學快畢業時來舉例吧。那個時候的我內心仍然充滿了躁動和不安的情緒。突然，外面世界的大門打開了，不知不覺地你就走進了世俗社會，找到了自己的位置。即刻就有了實實在在的事情要你去完成，生活需要你去賺錢，你要建立自己的家庭，和另一個你摯愛但卻完全不同的真實個體去生活，和個性不同的人們一起工作，你能做的要嘛就是妥協，要嘛抵抗。生活的那層薄霧漸漸從我眼前散開，外面的一切清晰可見。意識到這些後，我明白以前所過的生活是多麼不可思議、多麼隱蔽、多麼遠離現實社會！我似乎一直在建造一所洛可可式的粉飾住所，隨心所欲、無拘無束，這兒增加一個房間、那兒裝上一排尖頂，看起來一切都是那麼奇形怪狀。心裡揣著模糊的詩歌和藝術夢，卻沒有深入地觸及什麼，也沒有抓住什麼，這裡寫上一個短語，那裡塗上一個幻覺；我一個人的文化理想如同《哈姆雷特》裡的奧菲莉亞，一位心煩意亂的美麗少女，四處插滿了鮮花，憂慮地解釋各自的情感價值；友愛本身對他們兩個人來說並非牢不可破；他們之間的友愛並不是建立在任何共同目標的基礎上，沒有任何真實的相互關心；他們不過是在銘記一種無常易變的魅力，追蹤某種眼睛明亮的小鹿或者頭髮散亂的森林女神，一旦來到他們的棲息地，卻發現鳥兒們已經飛走，鳥巢還有餘溫。忙碌了一天之後，雖然深感疲倦，但是心裡卻很高興，輕鬆愉快地鬆了一口氣，然後充滿激情和興致地轉向某些消遣活動。這是一種滿足的情緒，並不是追求成功；這看起來似乎更像是毫無追求，只是補償日常工作所缺乏的樂趣罷了……日復一日，月復一月，年復一年，日子就這麼過著。

與此同時，土壤和空氣，朋友和旅途上的夥伴，都帶著某種不同的美的光彩。美就在那裡，甚至更為豐足。酷熱的夏日，陽光普照在芳香的花園裡，照耀著所有美豔的花壇、兩邊盛開著玫瑰花的甬道、順坡踩出來的小徑、濃綠掩蔽的林蔭道；秋日的薄霧飄散在遠處的草地和牧場，綠色平緩地順著山坡爬上了山頂；冬去春來，生命默默地從其倦怠的狀態伸展開來，灌木和樹叢用其茂密的葉子織成了花毯似的綠色屏障，那裡面藏著多少愛戀和快樂的祕密！周圍那些人的面孔和姿態呈現出一種新的意義，更豐富的美，更大的興趣，因為你開始猜想，經歷如何塑造他們，靠的是什麼目標和希望，他們才得到了雕琢和提煉，什麼樣的失敗才使得他們受到阻塞，變得粗俗。但是不同之處在於，你無法永遠使這些魅力變成自己的，確立自己對魅力的理解，建立與魅力之間的相互關係。那麼你就盡可能地去觀察魅力、解釋魅力、欣賞魅力，有了這樣的過程，就夠了。貪婪的感覺消失了，你不圖索取，也不會緊抓什麼東西不放；你會讚歎和驚奇，然後向前走去。而且由於你的解釋和欣賞能力不斷提高，隨著欲望的減少，你就會處在健康的平衡狀態。

也許隨著緩慢的時間流逝，一道陰影漸漸落了下來，就像平原遠處逐漸出現的一座高山。有一天，我路過深藏在鄉野的一處古老教會墓地，看到一些傾斜的墓碑和長滿荒草的古墳。我突然渾身發抖，不禁打了個冷顫，想到不管是誰都會有這麼一天，無論你的生活多麼富裕，多麼複雜，多麼愉快——按照命運三女神所決定的個人歲數——末日終究會來，也許忍受著病痛的折磨，也許感到軟弱無力，這個時候你必須放手鬆開所有美麗的生命線，定下神來，以你應有的勇氣進入長眠的狀態。這個時候你會召喚理性來援助，命令理性詳細說明祕密，並會說道，正如沒有哪個物質的最小粒子能夠完全分解，或者從物質的總體減去，所以，從無限的、更大的確定性角度上看，無論是精神的脈搏或者欲望，還是活力，都不可能被化為灰燼。確實如此，靈魂就像籠中的鳥那樣活著，從一根枝頭跳到另一根枝頭，有時會處於睡眠狀態，打發著自己的寂寞，或者發出幾聲鳴叫；但是從更本質上講，與肉體相比，精神是不滅的，因為肉體一定會順從精神、懷抱精神，最終有負於精神。

理性是這麼說的，然而理性不能帶來任何希望，使生活變得那麼寶貴、那麼熟悉。名門大宅、散步時習慣走的小路、日常工作、不同類型的朋友和夥伴——你想得到的正是這樣一些東西，而理性卻告訴你：你必須真正放棄這些東西，然後走開，而且理性不能展望未來，更不能預測任何事情；理性只能囑咐你，注意地獄深淵險崖的崖壁和鬼怪似的岩礁，精神一進入到這裡就會永遠地下墜，下墜……

精神始終就在那裡，永不停息地求知和求證；我什麼也沒有找到、什麼也沒有學到，一切仍有待探索。我只能麻醉自己的饑餓感，使其處於靜止狀態，把其隱藏在習慣、工作和活動中。這是比工作更嚴格的東西，甚至比美更漂亮的東西，比我想得到的愛更令我滿足的東西；而且非常肯定的是，這樣的東西不會處在靜止狀態。我已經變得越來越厭惡於想到這一點，並驚恐地從麻木的感覺和思想狀態中退縮回來。我所渴望的是能量、生命、活力和運動；去觀看、去觸摸、去品味所有的事物，不僅僅是那些美好的、令人愉悅的東西，而是各種各樣充滿激情的衝動和靈感，各種各樣能使精神亢奮、心靈震顫的悲傷，各種各樣要求人類忠誠的藝術作品。我甚至對區隔出每一天的睡覺時間感到不滿；我想起來做事，掙扎、工作、愛恨、抵制、抗議。爭吵和格鬥似乎也是在浪費寶貴的時間。要做的事情那麼多，要去證實，要去撥正，要去淨化，要去鼓舞，偉大的計畫需要制定，需要實施，偉大的榮耀需要展現。然而遲早有那麼一天，不管你是否願意，都註定要放下手中的工具，站起身來審視尚未完成的工作，也許會感到有點難過，覺得再也不用承擔自己的那一份職責了。

6

即使是這樣，在一天晚上的夢裡，我還是看到了這個景象。當時，我正在讀一本講述喀耳刻島故事的書，翻騰的詩句就像碎浪湧入港灣，似雷電劃過般的曲線直入我的腦海。後來，我放下書睡了。

夢中，我置身於樹林中，腳下是荊棘叢生的灌木，眼前是一棵棵高大的樹木，我幾乎看不出有什麼可走出去的路；透過濃密的樹葉縫隙我可以瞥見天空。環顧了一下周圍後，看起來左邊的那片灌木叢不是很稠密，我便向那邊走去；剛走近一塊空地，我就看見一個小夥子，從裝束上看像是個牧羊人；他穿著一件束腰的藍外衣，帶簷的帽子扣在後腦勺上，手裡拿著一根繩子站在那裡。有一塊金屬板子靠在樹上，板子上部飾有一幅雙翅交叉的圖案，小夥子則斜倚在板子上。他彎下腰來，從土裡往外拔著什麼東西，當我走近時，他已經把東西拔了出來，並好奇地打量著。啊，這是魔草！我看到了多刺、扁平的葉子，黑色的根和乳白色的花。他抬起頭，微笑地看著我，似乎正期待著我的到來。他有一副潔白的牙齒和曲線優美的嘴唇，頭頂上飄散著烏黑的頭髮。

「喂！」他說，「拿去吧！這是你真正想要的東西！」

「是的，」我說，「我想得到寧靜，真的！」他看了我一會兒，然後鬆手讓魔草落到了地上。

「啊，不！」他輕輕地說，「魔草不能給你帶來寧靜；魔草給予的不是寧靜，而是忍耐！」

「好吧，我接受了，」我說，於是彎下身子；但是他卻把魔草踩到了腳下。

「瞧，」他說，「魔草已經扎根了！」而這時我看到了魔草的黑根已經扎進地裡，鬚根和細枝也正悄悄地潛入土壤之中。我企圖抓住它，可是魔草扎得太牢固了。

「你想得到的根本不是魔草，」他說。「你想得到的是能使內心寧靜的三色堇，我說得不對嗎？那是另外一種植物——它們只生長在墳墓上。」

「不，」我像孩子般任性地喊著。「我不想要三色堇！只有那些疲憊的人才需要三色堇，可是我並不疲憊！」

他笑著看我，再次彎下腰來，拔出魔草遞給了我。一陣狂風吹過，魔草散發出撲鼻的泥土清香，但是魔草的荊棘刺痛了我的手……

夢中的情景消失了。我醒了，躺在那裡，試圖復原我在夢中見到的東西，結果卻聽到窗外常春藤上鳥兒發出的微弱叫聲，原來牠們也懶洋洋地剛睡醒，心滿意足地準備開始一天的生活和工作。這些就像突然出現的一叢明亮火焰，消除了我的雜念，讓我猛然明白了一個道理。

「是的，」我朝自己喊道，「這就是祕密所在！生活沒有結束，它還在繼續。去找我要尋找的東西，去理解，去解釋，去看清楚，去總結，這一切都該結束啦，就像一本書輕輕合上，一扇門緩緩關上——因為這些正是我不想要的。我想活著，忍耐，遭受，體驗，愛，而不是去理解。我所需要的是帶著新的樂趣，新的懊悔，新的痛苦，新的損失，去繼續生活，展示生活，擴大生活，發展生活。無論我們是否知道自己的需要，或者以為我們需要別的什麼，反正都一樣；因為我們無法逃避生活。無論我們多麼不情願，或者疾病纏身，或者壓力重重，或者倍感絕望，生活一直等在那裡，直到我們發出呻吟，流出鮮血，而我們則必須重新站起來，活著。即使我們死了，即使我們尋求自我結束生命，生活還是生活。你可以對一切視而不見，心無旁騖，身體舒展；用不了多長時間，生活又會重新開始，我們只是像鳥一樣從一棵樹飛到另一棵樹，沒有終結，沒有解脫。活著是我們的命運，我們的周圍是一片黑暗，但我們是光，用抗爭的光線吞噬黑暗，用燃燒的火炬刺破黑暗。黑暗熄滅不了光，光照到哪裡，哪裡就有光明。魔草只是需要忍受的耐心，無論我們是否喜歡。魔草不能讓我們自行解脫，不能釋放我們的疼痛和愉悅，只能讓我們擺脫恐懼。那些痛苦都是不真實的東西，因為我們本身就是光，有著不屈不撓的本質，我們不能被戰勝，也不能被消滅——我們只能忍受，我們不能死。我們能跳過黑夜迎接黎明，並以自己的方式從一個星球到另一個星球地輪迴到來世。」

我想活著，忍耐，遭受，體驗，愛，而不是去理解。我所需要的是帶著新的樂趣，新的懊悔，新的痛苦，新的損失，去繼續生活，展示生活，擴大生活，發展生活。

Chapter 15

你看，那做夢的來了

前些日子，我在報上看到一幅小圖片，是發自前線的一張快照，讓我產生了一種奇特的感覺。照片的拍攝地點是德國邊境上的某個村莊。照片中，一個大約十七歲的小夥子站在那裡，模樣很英俊，看起來也很正直，懷裡抱著手風琴——報導說他是一個俄羅斯流浪藝人——他被帶到一個肥胖的、年紀大概有五六十歲的德國戰時後備軍官面前接受審問。那個軍官頭頂鋼盔，一手握著劍柄，一手拿著望遠鏡，站在高處，正在氣勢洶洶、蠻橫地向下看著小夥子。站在他身邊的一個軍官則微笑著。那個小夥子顯得很緊張害怕，瞪大眼睛望著眼前這個可怕的軍官。小夥子身旁還有一個農民，看起來也很不安。報導中沒有說明發生了什麼事，但是我希望德國軍官能放過這個小夥子。那個軍官的神態在我看來，恰好象徵人類最愚蠢、醜陋的侵略行為和殘暴。那個小夥子，優雅、動人、無辜，我認為看起來象徵著美的精神，而這種精神在世界上遊蕩，迷失在其自身的夢想之中，當這種精神誤入歧途，落入侵略者的魔掌，很有可能就會遭到嚴厲的拷問，因為這幫戰爭狂人正在嚴重地摧毀世界上愛好和平的人們的生活。

十分明顯，照片上那個戰時後備軍官在這一幕裡占了上風，他非常享受自己盛氣凌人的架勢；而小夥子則露出無辜的模樣，如同眼睛明亮的動物落入陷阱，不知道什麼樣的厄運要降臨在自己身上。

類似的事情幾乎每天都在世界各地發生，生活中，總有殘暴、受過訓練的武裝力量侵犯熱愛和平的人民。人類的本能是如此不同，後者給不出其存在的理由，但是我一直堅信人民的力量最終會獲得勝利。

我們有各種理由認為，在過去的二十年裡，透過廣播進行的教育活動，只對人類的觀點產生了一些作用，但是對人類的品德並沒有什麼影響，儘管這一點尚未得到科學的評估。我們周圍到處都長著莊稼，然而我們卻不知道那是什麼。我打算根據社會的某一特定階層，說說眾多結果當中的一個，因為我已經能透過某些確切的方式意識到這一點。籠統地談論趨勢和傾向並不難，但我所依據的是確鑿的證據。

我要說的這個社會群體，大致可以被描述為中產階級——也就是說，那些日常生活沒有什麼壓力，休閒時間較多，不必靠工資度日的家庭；這樣的家庭對生活前景擁有安全感，有著不同於社會底層的大筆財富，及專業性的職業背景；這樣的家庭有其自己的消遣方式，透過讀書、交談、社團活動，對某種思想觀念加以探討和研究，進而有可能獲得滿足。這不是一種強烈的、對知識和智力的興趣，但是其最終結果是以一種非常明確的願望去理想化生活，使生活更加和諧，為生活增添色彩，對未來生活做出推測，讓生活擺脫直接的、實際需要的範圍，嘗試各種事情，按照明確的方式活著，有著明確、看得見的生活目標，即能夠實現擴展生活、裝飾生活、豐富生活這樣的目標。

我完全相信，中產階級這種追求更為理想化生活的本能正在迅速膨脹；過去，宗教在很大程度上為這樣的家庭提供了詩歌和生活靈感，如今人們同樣渴望獲得一種更為明確的藝術種類，有意義的正是這一點；說得簡單些，我認為就最大的意義而言，當經濟基礎益加穩固之後，越來越多的人們將去尋求美的事物。這種本能與宗教並非背道而馳，而是一種驅力，不僅推動人們去瞭解嚴格意義上的公正這一概念，還促進人們對生活品質的廣泛關注，比如生活的樂趣、優雅、美好和豐富。

我常常聽到人們談論藝術，錯誤地把藝術視為一種相當輕鬆、沒有什麼實際用途的職業，還說藝術事實上就像是宗教和愛國主義精神，是一件類似於劍的鋒利武器，普遍存在於生活當中，分割生活，分離人們，使男人和女人相互誤解。他們的話往往讓我覺得很難過。其實不然，藝術意味著一種氣質、一種方法、一種觀點、一種生存方式。一些有才藝的人相信藝術的效用，談論藝術，甚至實踐藝術，但是他們並沒有理解藝術是什麼；另一方面，有些人對被稱作藝術的東西一無所知，然而他們的行為和思想卻完全具有藝術性。還沒有獲得藝術天性的人完全不能理解那些有藝術天性的人們談論的是什麼；而擁有藝術天性的人能夠很快地識別出另外一些有藝術天性的人，但是卻根本沒有辦法向那些不懂藝術的人解釋什麼是藝術。

我試圖在本文裡解釋一下我所認為的藝術，這倒不是因為我希望用淺顯的道理，讓那些不太懂藝術的人明白藝術是怎麼回事，他們只會認為所有這些解釋不過是類似幻象的胡言亂語罷了；而我要說的是，有些人所談論的乍聽之下似乎是無稽之談，但是他們卻能相互理解，相互欣賞。在這個世界上，無論何時你遇到這樣一些人，你也許想當然耳認為這些人具有某種隱藏的神祕氣息，如果你不能理解，那是因為你沒有看出或聽出某種東西，而這種東西對那些能夠描述出來的人來說，卻是相當簡單清楚的。你大聲斥責你所不知道的祕密，還說什麼「理所當然」這不可能是真的，還有比這更愚蠢的舉動嗎？一個人在其所有經歷當中值得擁有的信念，幾乎就像是某種標誌，表明這個人在人類屬性方面地位的高低！

其實我無非是希望，自己也許能夠向那些對藝術一知半解的人做出更簡潔的解釋，讓他們願意更好地理解藝術。由於藝術是一個很大的題目，即使你只是粗略地懂一點，都會在你的生活裡發揮不可估量的作用，並帶給你很多幸福。有些人具有明確的觀點和目標，他們所煥發出來的幸福感必須得到人們的認可。這樣的人或許並不能總是讓別人感到愉快，但是你大可不必懷疑他們自身的快樂；當你遇見他們，或者與他們分手時，你不可能想到他們有時候也會陷入鬱悶或失落的狀態；他們顯然能夠安適地回到自己的計畫和事務當中；而且我們知道，無論我們什麼時候遇見他們，都會產生那種半羨慕半嫉妒的感覺，因為對方有著明確的想法和願望，從來不想引起別人的關注或者取悅別人，即使是在他們生病或者遇上不幸的時候，他們也仍會忙於做自己感興趣的事。

如果想保持愉快的狀態，我們每個人都需要持之以恆、堅定不移地固守自己的目標和觀點；我願意勸說那些還沒有意識到這一點的人，如果他們願意，完全有能力這麼做，而且做了就一定會感到愉快。就我所說的藝術而言，其最好的一點就是不需要有什麼特別的經驗，也無須使用什麼昂貴的材料，適用於日常生活的各個方面。創造平靜生活的各種方式，與營造激動人心和異常的氛圍一樣容易。

那麼，讓我這樣說吧，藝術作為一種方法和觀點，未必就是與詩歌、繪畫或者音樂有關的東西，這些只是藝術在某些範疇的表現形式罷了；讓我盡可能說得簡單些，藝術存在於對其品質的比較之中。如果這聽起來像是某種深奧的公式，那是因為所有的公式都很沉悶。但是我要說的那種能力是指，可以密切地觀察一定範圍內所有發生的事情或存在的事物——天空、大地、樹林、田野、街道、房屋、形形色色的人們；更進一步而言，這種能力不僅可以觀察人們的貌相，還可以觀察人們是如何移動、如何講話、如何思考；接下來，還能觀察更細緻的一些東西，例如動物、花草、顏色、日常用品的形狀、傢俱和工具，以及一般人所使用的任何東西。

這樣說來，這些東西每樣都有其特定的品質——適宜或不適宜，成比例或不成比例。讓我隨便舉幾個例子。比如說，你看一下鐵鍬。切合實際的人就把它稱作鐵鍬，而且認為是自己的勞動工具；而哲人就會考慮用了多長時間，經歷過多少次實踐，才使得鐵鍬完全適合於其用途，比如鐵鍬的長度和大小，什麼樣的橫檔更便於腳蹬，鍬柄的柄孔如何方便人們的抓握；人類所有的工具、餐具、器具、炊具都是顯示人的本性的證據，具有深遠的重要意義。我們再來看看花草奇特的形狀和顏色，金魚草長著圓鈍的唇瓣，旱金蓮長著扁平的圓葉和火紅的喇叭花——它們千差萬別，但是所表達的東西不僅相當明確，而且表現出久遠的遺傳性。再拿房屋做例子吧——一所老式的家宅是多麼簡樸、多麼古雅，而有些自命不凡、喜歡投機取巧的建築師蓋的房子又是多麼陰森恐怖、多麼粗俗；再看看鄉下一些地區的房子吧，例如英國西南部科茲沃丘陵地區，那裡幾乎所有的房舍，無論是外形還是顏色，都那麼具有美感；這些地方的軟石誘使建築師嘗試各種實驗，以非常精緻的裝飾手法對樸素的房屋門面稍作修飾。再拿男人、女人和孩子的相貌神態來舉例：有些人，無論他們做什麼，就是那麼有魅力、引人矚目，而有些人，無論怎麼努力打扮，就是不吸引人，反而令人厭惡；有些人心地善良、性情甜美，卻長著樸素、難看的臉龐。所有這一切是怎麼回事？我們還可以進一步擴大觀察的範圍，人們有著各種各樣的思想、習慣和偏見，彼此完全不同，但有的人美麗、賞心悅目，而有的人則不討人喜歡，甚至令人難以忍受。

我可以再舉出無數個類似的例子。我的觀點是，藝術從其最大意義上來說，是對各種不同品質進行的觀察和比較，無論這些品質是透過什麼樣的形式被表現出來。當然了，每個人的觀察能力和範圍是有限的，不可能擴展到對所有事物進行細緻的觀察和比較。比如某些完全看不到景色和房屋之美的人，在判斷人性這方面卻是異常精明。

不僅僅只有事物美的一面才會引起人們去觀察，有的東西沉悶、可怕，甚至是恐怖的，一樣會引起人們的注意。人們對品質的興趣，無論如何都不只依賴於美感。關鍵在於事物本身是否具有強烈引人注目的特質。就拿一頭老豬來說吧，看看豬身上的豬鬃、大象般的耳朵、鬼鬼祟祟的小眼睛，還有什麼能比牠肚子裡塞的東西多呢？一種墮落的生物，被其自身的骯髒污穢所困惑，卻不能想出任何改善的方法，那會是何等醜陋的樣子啊！

所有這一切只表明，無論你住在哪裡，生活都會為你的眼睛和大腦提供豐饒的素材。假如你不能深入地觀察，只是停留在事物的表面，你就無法體會如何用藝術的角度去欣賞或是批判生活。是什麼促使這一切發生的呢？到底是誰的思想？其用意是什麼？我們以自己特有的感知，擁有對生活完全不同的感覺，很少想到我們身處何地或者做何打算，那麼我們來到這個世界上的意義又是什麼呢？尤其是那種奇怪的感覺，除非是我們自己主動做出選擇，否則我們不願意被迫去做任何事情——這種感覺一直伴隨著我們。然而，只要我們能夠忍受，仍舊會日復一日做著自己無法選擇的事情。

一旦我們敢於思考這些，整個事情有時就是那麼奇怪，幾乎讓我們覺得恐怖；然而，大部分時間裡，我們尚且能心安理得地處在其中，處在自己的位置上；確實能讓我們害怕的只有一件事，那就是離開現狀之後的前景。

從藝術的最大意義上講，我所說的藝術是指我們對事物品質的觀察、比較和質疑能力；懂得充分享受生活的人，是那些讓自己的想像力插上翅膀的人；進而才會激發出我們內心對品質更深的感覺，這種感覺引導我們努力完善自己的生活，並按照我們所崇尚的、認為美的標準行事；我們選擇的並不一定是令人愉快的事物，但是由於某種神祕的緣故，我們卻覺得這麼做比較幸福；因為無論我們怎麼假裝不這麼想，事實上，我們所有人每時每刻都在渴望幸福，這與快樂是完全不同的兩個概念，有時甚至是相當衝突。

所以最後讓我們來談談生活的藝術。生活藝術真的是一種對生活點滴微妙的判斷力的平衡和比較，每個人無論生活得多麼盲目、多麼無力，都渴望得到幸福；而且這種渴望一旦停了下來，旋即會產生一種乏味感，僅僅可以滿足自己的舒適感而已，此時人的精神狀態便會走下坡，生活的價值也隨之消失。也許，除非我們認識到，我們擔負不起走下坡的後果，否則的話，在某個時候或某個地方，當你再次回憶起來，每一次的退步都將成為痛苦的追憶。

我的建議是，我們必須以某種方式運用我們的意志去體驗、去觀察、去辨別、去追求我們認為美好的事物。也許有人會說，這只是一種類似宗教的東西，的確如此，這正是我所瞄準的目標。這是一種宗教。許多人不能被嚴格定義下的宗教所觸動，而我所說的宗教則是他們能夠理解的東西。令人感到不快的是，宗教這個詞已變得過於專門化，象徵著信仰、教義、儀式和慣例。但是這些東西也許真的並不適合我們當中的許多人。已定型的宗教最糟糕之處，在於太過僵化。他們試圖強迫我們信仰我們覺得難以置信、或者簡直是不可知的事物；抑或列出一些他們認為很重要，但我們並不認為重要的慣例。我們永遠不要粗暴地對待我們的頭腦和靈魂，宣稱相信我們並不真正相信的東西，或我們並不覺得可靠的事；但與此同時，我們必須記住，每一種宗教都擁有某些美的內涵，因為宗教包含一種從容的選擇——對更好的動機和更好的行為的選擇，還包含一種努力，排除了生活的低劣和墮落成分。

當然，對所有這一切的異議——而且是嚴肅的異議——人們可能會說，「我當然看到了所有一切的真相，擁有積極而樂觀的生活興趣的好處；你也許還會鼓吹自己正處在幸福的優越感裡；但是我的興趣卻是斷斷續續的、偶然的；有時候一連好幾天我對任何事情都沒有興趣，也看不出身邊的人與事有何品味。我沒有時間，也沒有伴侶可以共同分享這些事物。我如何才能使自己的智慧與我所看到的相稱呢？」這正如《約翰福音》中撒瑪利亞婦女說的那樣，「你沒有打水的器具，井又深，你要怎麼取得活水呢！」確實，文明似乎不能創造越來越多具有這樣本能的男人和女人，更不用說把他們安置在讓他們感到滿意的環境當中，這是一件相當難的事情。於是有些人會說，「追求那些幾乎不可能達到的目標值得嗎？把它們放下不是更好嗎？讓一些人盡可能覺得舒服就可以了吧？」這才是許多人對這一問題給出的切合實際的答案。一些上了年紀的人，他們是所有出主意的人當中最令人沮喪的，因為他們嘲笑所有事物都是荒謬可笑的，所以年輕的小夥子和姑娘們最好盡可能不聽這類人的胡說八道；正如喬伊特在給他的學生溫斯伯恩寫的信中說道，他是一個聰明人，一旦擺脫了對詩歌藝術的所有荒謬觀點，就一定會做得更好。我毫無疑問地感覺到，這些思想，這種生活中的興趣，這些疑惑和好奇，可以被許多尚未追求生活興趣的人所追求。這就像獵人對白鹿傳說的癡迷一樣，在古老的故事裡，獵人總是不斷地在林中追蹤白鹿；他們也許從來沒有捕獲到白鹿，但是追蹤白鹿的過程豐富了他們的冒險經歷，滿足了他們對白鹿的強烈好奇心。

當然，如果你有志趣相同的朋友，那麼恭喜；如果沒有這樣的朋友，終歸還是有許多好書，你可以在書中遇見最優秀的思想，看看別人怎麼想、怎麼說，進而去尋找最美好、最生動的生活方式。但是讀書也有問題，就像你也許喜歡集郵，但可能只是對藏品的數量和種類感到洋洋得意。我不太相信藏書豐富就證明你有學問，那就如同水手擁有一個未知的島嶼。你必須進行試驗，看看哪些類型的書能夠提供你有益身心健康的營養食糧；所以我相信，準備一些需要經常讀的書放在身邊還是有好處的，這樣你就可以從頭到尾反覆地閱讀，無論什麼時候，無論心境如何，慢慢地，你就會懷著各種心緒與聯想吸取書中的精華，豐富你的知識。我有十幾本這樣的書，我經常拿起來讀一讀，有時還會在書上隨手寫上眉批，並記錄下什麼時候、在什麼地方、和誰一起讀的。當然，一個人不太可能一生當中始終讀著相同的書，就像隨著年齡的增長，你原來穿的衣服太小了，不能再穿，所以你也會淘汰一些書。我有時翻看那些曾經喜愛的舊書，會感到十分詫異，我問自己，以前怎麼會如此喜歡這些東西！這些舊書裡寫的東西看來就像窄小的前廳和走廊，而我已經穿過了它們，看見更為高尚、珍貴的事物。讀書的意義，在於始終努力把這些書裡所講述的東西與生活真正地融合在一起，而非僅僅讓書成為架上的擺飾。就我自己的感悟來說，詩歌最能燃起我內心深處的激情，這一點我一直反覆強調。但是詩歌不能直截了當地讀；相反的，詩歌需要你去品味，去思考，反覆吟詠，用心揣摩。以我自己為例，小時候，我對華茲華斯沒有什麼印象，只是非常喜歡他的一兩首詩，例如〈不朽跡像頌〉和〈義務頌〉，凡是喜歡詩歌的人大概都讀過這兩首詩。長大後，我開始逐漸懂得，華茲華斯詩歌的某些篇章具有某種高貴品質，與其他任何類型的高雅絢麗都有所不同。有一年假期，我帶著華茲華斯的一本詩歌全集去度假，努力研讀每一篇詩歌；我發現華茲華斯一次又一次地談及對生命的思考，就像你在海灘上撿拾小貝殼，另一種生命的證據近在眼前，不容置疑地就在那裡，然而卻不為人所知，深深地藏在茫茫大海之中。當華茲華斯寫出：

愛我的人很多，但是
我卻得不到足夠的愛

或者當他說：

我們的心靈將制定無聲
但須長久遵循的法律

他似乎是在揭示世界的祕密，敘述的方式如同預言者幻象裡的七雷發出的雷鳴。有一天，我與一名學生一起工作，他在散文裡引用了華茲華斯的詩句，我們一起查閱出處。我一邊講著，一邊把目光落在了〈墓誌銘〉上，我讀到：

來吧，在你充滿力量的時候，
來吧，如同碎浪一樣虛弱！

這兩行詩具有說不出的魔力；我的學生無法理解我為什麼在此處停下來、支支吾吾不肯說下去，而我也無法向學生做出解釋，但是正如柯立芝說的：

織一個圓圈，把他三道圍住，
閉上你的眼睛，帶著神聖的恐懼，
因為他一直吃著蜜樣甘露，
一直飲著天堂的瓊漿仙乳。

這正是美的祕密所在，只能被看到，卻無法被解釋。

當然，現在有些人，將來還會有些人，能讀到我用痛苦的理性寫出來的東西，並且會說我寫的都是些垃圾。可是我描述的是一種狂喜的體驗，這種體驗也許非同尋常，但其真實性便如同吃飯喝酒。我以前就有過這樣的體驗，也將再次擁有；我能一下子就識別出來，因為這其他經驗相當不同。這當然不是像你坐在桌旁吃飯的那種平常體驗，也不是可以為之感到驕傲的事情，因為我早在剛會記事的時候就已有過這種體驗，但卻無法明確說出其效果。除了重要時刻，這種體驗並不能使生活變得崇高或完美。如果我的心境麻木，這種體驗絲毫不能降臨在我身上；而如果我處在悲哀或焦慮的狀態，這種體驗則常常有可能降臨。

那麼，我該怎樣解釋這一體驗呢？很簡單，真的。有塊領域我願意稱為美之境地。如果你接受我關於藝術的生活觀點，毫無疑問的，你有時會被允許進入這裡；儘管我還說過，我所講的生活觀點與許多感覺有關，而這些感覺並不都是美麗的，有時甚至是恰恰相反。

假如我被直截了當地問道，是否值得費勁去思考，或去想像、闖進這種特別而興致勃發的狀態，我會說，「當然不值得！」除非已經有過體驗，否則這種狀態能否真正達到，很值得懷疑；而且我不確定透過自我暗示所產生的情感是否健康。

但是我的確非常堅定地相信，對任何人來說，只要他對這樣的作用真的感興趣，那就值得他去努力實驗，以批判的目光看待這些體驗，多聆聽、多觀察、多徵求其他人的看法，多讀書，並努力將所觀察到的和所判斷的真正付諸實踐。

前些日子我去了一家印刷廠參觀。車間裡龐大的機器發出嗡嗡的轟鳴。一個小夥子坐在機器邊的平板上，輕輕地擺放著紙張，並將印好的印刷品放到一個大盒子裡。

我與印刷廠老闆一起離開車間，隨口問了老闆一句，那個小夥子知不知道自己在印的是什麼書啊，老闆笑了起來。「他哪裡知道，」老闆說，「他越是對印刷的東西不感興趣，那就越好——他的工作就是給機器添加紙張，完全是無意識的機械動作。」想到一個人如此徹底地被變成了機器，我感覺到某種悲哀；可是那個小夥子看起來卻非常愉快，身體健康，聰明能幹，嗡嗡的機器聲對他似乎沒什麼影響，他悠然自得地做著自以為很重要的工作，不停地彎下腰來給機器添加新的紙張。

但是，我認為我們應該避免的正是這種單調乏味的生活方式。與其他人相比，有些人想要避免過這樣的生活難度很大，而在某些條件下逃避就更加困難了。但是所有的藝術和所有的藝術感知，恰好標誌著不需要承擔重負、抑制不住的生活樂趣，以及像我前邊說過的，它們標誌著感知、識別和比較事物品質的一種嘗試。我在這裡堅持的是，藝術並不一定是創作出什麼藝術性的作品來；那些有創造力、有學問、手指靈巧、有強烈欲望的工匠、手藝人和技工的心裡曾經出現的創作衝動，與那些藝術家的創作衝動沒什麼兩樣。如果一個男人或者女人具有特殊的運用詞彙的天賦，或者能夠很好的掌握樣式和顏色，或者句子，他們對美的強烈喜愛註定會在創造美的過程中表現出來——而這樣的生活是人們能夠過的最幸福的生活，儘管有些美的發現是我們力所難及的，捕捉不到，也表達不出來。而一旦這樣的美被你捕捉到，並且可以準確表達出來，你的探尋之路就會結束！

事實上，無數的心靈和頭腦，雖然沒有能力表達，卻能感知品質；對這些人，我希望自己能說服他們相信這樣的事實：即他們的手中握有一條線索，就像古老故事裡的線索，能夠引導探尋者安全地穿過黑暗迷宮裡一條條通道。故事裡無所畏懼的年輕人將繩索的一頭綁在洞穴口旁的荊棘樹上，握住另一頭，然後鬆開繩子，大膽地一步步走進洞穴去探尋其中的奧祕。

對許多人，實際上是對所有人而言，不論他們在自己的一生裡扮演什麼角色，生活的線索都會引導他們在這裡或那裡找到美，並不一定是顏色、聲響和詞彙等外在的美，而是行為的美，那是寬容、溫和、純潔、無私的生活裡所展現出來的美。

我們又為什麼要努力嘗試去過這樣品質的生活呢？很簡單，那是因為這樣的生活要比懷恨在心、憤怒、貪婪、自私的生活美好得多。在美好生活的周圍，時刻存在著令人感到恐怖醜陋的人和事，所以各種各樣的美所具備的自然屬性，能夠以存在於大千世界裡的某種巨大力量向我們發出信號。邪惡、醜陋、仇恨、卑劣的事物的力量的確具有強大的力量；但是寧靜、幸福的力量也絕不會向它們屈服。這是辨別、選擇、崇拜美好品質的力量。這種力量為世界所做的貢獻就是改善我們的生活；想要過上和諧、富足的生活，就要站在具有強大美好力量的一邊，讓這樣的力量幫助和引導世界擺脫混亂、黑暗和爭鬥，讓生活充滿光明和寧靜。當然，我們應心懷感激之情地承認，宗教在這一偉大運動中具有十分重要的影響力；但是我們還應該說，宗教已經變成了專門化的東西，不能完全滿足人們心理的所有欲望，因為宗教過於明確地把自身與傳教士生活、儀式和神學教義結合在一起。但是並非每個人都能在宗教組織裡透過心靈幻覺獲得充分的滿足感。有一些人，尤其是那些並不邪惡，也不殘忍，更不是沒有同情心的人，他們在體系化了的宗教裡找到的，其實是苦悶和沉寂，比如其傳統的信仰、狹隘的教誨、教理問答、傳教會議、祈禱儀式和禮拜活動。從某種意義上講，宗教所說的也許都沒有錯，但是宗教卻經常使美景、興趣、情感和詩歌處於饑餓狀態；宗教無法令生活充實。那些對宗教感到不滿足的人常常默默地對自己的行為羞愧不已；然而，宗教不能完全符應人們內心的願望；人們透過宗教知道了天堂，但是等候他們進入的那種天堂並不是他們認為有魅力或渴望去的地方。他們根本不想做錯事或者背叛道德，但是他們所具有的各種衝動，似乎沒有得到專門性的宗教對冒險、友誼、激情、美，以及生活中奇妙情感的認可。偉大的詩人、藝術家和音樂家的作品，地球上的美景，這些在制式的宗教裡沒有容身之處。人類需要某些更豐富、更自由、更廣泛的東西。他們不想逃避自己的責任，更不想踐行邪惡之道，但是許多宗教堅持認為是重要的事情似乎並不重要，許多被宗教說成真實可靠的信仰似乎充其量是難以明確的觀念。不是說這樣的人不忠誠於上帝和道德，只是說處在這樣的氛圍，他們覺得自己受到了遏止和限制，所以他們沒有膽量向上帝貢獻世界上最美好的禮物。

這樣的感覺在很大程度上不是背叛古老的觀念，就像新酒的味道過於濃烈，裝不進舊酒瓶裡；這是一種擴展理想範圍，尋找更多神性物品的願望。

我相信這種本能不會被任何力量擊垮或被戰勝；它將會成長茁壯，並散播開來，在未來的文化進程中發揮巨大的作用。我真的希望宗教能夠敞開胸懷，迎接這種本能，因為我說的這種本能的精神才最真實地具有宗教意義；因為這種精神關注的是淨化和豐富生活，而且源自於充滿生命力的生活當中，不是依靠低劣的或卑鄙的底線，而是不斷地、一再重複地參照神靈的信息，因為這樣的信息永遠在提醒我們，生活充滿了火熱的激情和韻律，偉大、自由而美妙。這就是生活的全部意義，如果我們想越來越多地感受生活的宏大和豐富，就絕對不能局限於陰暗的、悲哀的、懷疑的目光裡。這完全是更加忠誠地信仰上帝的一種努力，在越來越廣泛的圈子裡認識生活的價值。

「瞧，那個愛做夢的來了，」嫉恨約瑟的幾個哥哥見到從遠處走來的約瑟時說道，「我們且看他的夢將來會怎麼樣！」他們密謀要殺害約瑟，他們把約瑟衣衫剝掉，扔進一口枯井裡，本想殺死他，卻遭到四哥猶大的反對，便把約瑟賣給商隊為奴。然而，當有一天他們戰戰兢兢地站在約瑟面前時，約瑟卻饒恕了他們，並且以王室最好的美酒佳餚款待他們。我們永遠也不能藐視或者嘲弄一個人的夢想，我們承擔不起，因為人是靠著夢想活著的；夢想能夠成真，它能夠以極大的力量解放我們。

我們永遠也不能藐視或者嘲弄一個人的夢想，我們承擔不起，因為人是靠著夢想活著的；夢想能夠成真，它能夠以極大的力量解放我們。

國家圖書館預行編目資料

自由之旅——與劍橋大學心靈導師的精神對話／亞瑟．克里斯多夫．本森（Arthur Christopher Benson）著；邢錫範譯. --初版. --臺北市:寶瓶文化, 2014.1
面； 公分. --(Vision；113)
譯自：Escape, and Other Essays
ISBN 978-986-5896-57-7（平裝）
873.6 102026306

Vision 113
自由之旅——與劍橋大學心靈導師的精神對話

作者／亞瑟．克里斯多夫．本森（Arthur Christopher Benson）
譯者／邢錫範 審校／孔謐

發行人／張寶琴
社長兼總編輯／朱亞君
主編／張純玲．簡伊玲
編輯／賴逸娟．丁慧瑋
美術主編／林慧雯
校對／賴逸娟．呂佳真．陳佩伶
企劃副理／蘇靜玲
業務經理／李婉婷
財務主任／歐素琪 業務助理／林裕翔
出版者／寶瓶文化事業有限公司
地址／台北市110信義區基隆路一段180號8樓
電話／(02)27494988 傳真／(02)27495072
郵政劃撥／19446403 寶瓶文化事業有限公司
印刷廠／世和印製企業有限公司
總經銷／大和書報圖書股份有限公司 電話／(02)89902588
地址／台北縣五股工業區五工五路2號 傳真／(02)22997900
E-mail／aquarius@udngroup.com

法律顧問／理律法律事務所陳長文律師、蔣大中律師
如有破損或裝訂錯誤，請寄回本公司更換
著作完成日期／一九一五年
初版一刷日期／二〇一四年一月
初版二刷日期／二〇一四年一月六日
ISBN／978-986-5896-57-7
定價／三二〇元

愛書人卡

感謝您熱心的為我們填寫，
對您的意見，我們會認真的加以參考，
希望寶瓶文化推出的每一本書，都能得到您的肯定與永遠的支持。

系列：vision 113　**書名：自由之旅**——與劍橋大學心靈導師的精神對話

1. 姓名：＿＿＿＿＿＿＿＿　性別：□男　□女
2. 生日：＿＿年＿＿月＿＿日
3. 教育程度：□大學以上　□大學　□專科　□高中、高職　□高中職以下
4. 職業：＿＿＿＿＿＿＿
5. 聯絡地址：＿＿＿＿＿＿＿＿＿＿＿＿＿＿＿＿＿＿＿＿

   聯絡電話：＿＿＿＿＿＿＿＿　手機：＿＿＿＿＿＿＿＿
6. E-mail信箱：＿＿＿＿＿＿＿＿＿＿＿＿＿＿＿

   □同意　□不同意　免費獲得寶瓶文化叢書訊息
7. 購買日期：＿＿＿年＿＿＿月＿＿＿日
8. 您得知本書的管道：□報紙／雜誌　□電視／電台　□親友介紹　□逛書店　□網路　□傳單／海報　□廣告　□其他
9. 您在哪裡買到本書：□書店，店名＿＿＿＿＿＿　□劃撥　□現場活動　□贈書

   □網路購書，網站名稱：＿＿＿＿＿＿＿　□其他＿＿＿＿＿＿
10. 對本書的建議：（請填代號　1. 滿意　2. 尚可　3. 再改進，請提供意見）

    內容：＿＿＿＿＿＿＿＿＿＿＿＿

    封面：＿＿＿＿＿＿＿＿＿＿＿＿

    編排：＿＿＿＿＿＿＿＿＿＿＿＿

    其他：＿＿＿＿＿＿＿＿＿＿＿＿

    綜合意見：＿＿＿＿＿＿＿＿＿＿＿＿＿＿＿＿＿＿＿＿＿＿＿＿
11. 希望我們未來出版哪一類的書籍：＿＿＿＿＿＿＿＿＿＿＿＿＿＿＿＿

讓文字與書寫的聲音大鳴大放

寶瓶文化事業有限公司

（請沿此虛線剪下）

廣 告 回 函
北區郵政管理局登記
證北台字15345號
免貼郵票

寶瓶文化事業有限公司　收

110台北市信義區基隆路一段180號8樓

8F,180 KEELUNG RD.,SEC.1,

TAIPEI.(110)TAIWAN R.O.C.

（請沿虛線對折後寄回，或傳真至02-27495072。謝謝）